Littérature d'Amérique

Les Larmes d'Adam

Robert Maltais

Les Larmes d'Adam

roman

QUÉBEC AMÉRIQUE

Données de catalogage avant publication (Canada)

Maltais, Robert
Les Larmes d'Adam
(Littérature d'Amérique)
ISBN 2-7644-0358-5
I. Titre. II. Collection : Collection Littérature d'Amérique
PS8626.A47L37 2004   C843'.6   C2004-940796-1
PS9626.A47L37 2004

| Conseil des Arts du Canada | Canada Council for the Arts |

Nous reconnaissons l'aide financière du gouvernement du Canada par l'entremise du Programme d'aide au développement de l'industrie de l'édition (PADIÉ) pour nos activités d'édition.

Gouvernement du Québec – Programme de crédit d'impôt pour l'édition de livres – Gestion SODEC.

Les Éditions Québec Amérique bénéficient du programme de subvention globale du Conseil des Arts du Canada. Elles tiennent également à remercier la SODEC pour son appui financier.

Québec Amérique
329, rue de la Commune Ouest, 3e étage
Montréal (Québec) Canada H2Y 2E1
Téléphone : (514) 499-3000, télécopieur : (514) 499-3010

Dépôt légal : 3e trimestre 2004
Bibliothèque nationale du Québec
Bibliothèque nationale du Canada

Mise en pages : André Vallée
Révision linguistique : Diane Martin

©2004 Éditions Québec Amérique inc.
www.quebec-amerique.com

J'avais dit : « Les ténèbres m'écrasent ! »
Mais la nuit devient lumière autour de moi.
Même la ténèbre pour toi n'est pas ténèbre,
Et la nuit comme le jour est lumière !

Psaume 138

à François et Garance

Il avait froid.

— Qu'est-ce que j'ai oublié?

La pluie tombait sur ses joues sous un ciel sans nuages. Pour la première fois, Adam pleurait.

C'était donc vrai; la vie finissait.

Son fils Caïn, vaincu par une force rouge, était tombé sur son frère en hurlant.

Dieu avait aimé la prière d'Abel et pas la sienne.

Caïn avait frappé, frappé Abel.

Il voulait monter en flammes, lui aussi.

Abel s'était éteint.

Stupide, Adam se tenait tout près du petit tas de chairs refroidies.

Les entrailles de la terre buvaient le sang d'Abel.

Du ventre de la femme, le hurlement s'enflait. Le cri sauvage allait frapper le ciel et revenait les déchirer.

Ève non plus ne comprenait pas. Le soleil ne réchauffait plus rien.

Sous le crâne de Caïn, les mots se battaient.

— Dieu ne m'a jamais aimé et c'est moi qui vis. La force en moi est bien la plus grande. Je suis sale et dangereux; terrible et tout-puissant. Tu ne me tueras pas.

La rage tellurique le dévorait.

— Maintenant, c'est moi qui brûle, Abel.

Debout sur la montagne, les bras tendus vers le ciel muet, Caïn ne cessait de durcir les poings. Pieds nus dans le sang d'Abel, Caïn ne sentait plus le vent, le soleil et la forte odeur de la terre.

Fini! Jamais plus il ne prierait.

Adam et Ève se détestaient. Ils ne savaient plus pourquoi ils étaient là. Ils ignoraient ce qu'ils faisaient ensemble. Il leur semblait qu'ailleurs, avant, c'était différent. Ils ne se souvenaient plus.

Adam voulait souvent la quitter. Son ventre l'y ramenait chaque fois. Une puissance immatérielle venait lui durcir la verge qui prenait toute seule la direction d'Ève. Il n'y avait qu'elle pour l'assouvir.

Quand il sentait s'animer le serpent dans ses reins, il perdait la tête. Il voyait avec d'autres yeux. Une tête de cobra vibrait entre ses hanches. Quand il ouvrait ses yeux rouges, Adam le cobra tendait une langue épaisse et bondissante vers le puits, dans la caverne, au milieu d'Ève. Il la frappait de rage et son plaisir était de la défoncer en serrant les mâchoires.

Ève le méprisait d'autant. Elle n'avait pas peur de lui. Il était tellement faible et bête. Il suffisait de le laisser s'agiter. Il retomberait sur son ventre, haletant et vaincu. Toujours déçu.

Non, Adam n'aimait pas Ève. Adam n'aimait plus. Il lui semblait qu'ailleurs, avant, il avait su quelque chose. Il ne s'y attardait pas. Il s'épuisait à vivre.

Jamais il n'avait senti ce qui lui arrivait devant le corps d'Abel. Même le hurlement de la femme, il croyait l'entendre au milieu de son ventre. C'était au-dessus des charbons rouges. Une absence gémissait. Comme si, dans le cœur du cobra et dans le sien, un gouffre mauve béait. On aurait dit le siège de sa déception.

Oui, il était toujours déçu, Adam, toujours vaincu par une attente trompée. Il était juste assez fin pour se savoir bête et assez bête pour se croire intelligent.

Ève était plus curieuse. Mais elle savait attendre. Sa force épousait la patience. Un jour, avant, elle pouvait avoir voulu précipiter les choses. Ce n'était même pas un souvenir. Elle avait dû rêver.

Devant le cadavre d'Abel, une autre peine montait. Il ne serait plus jamais là, le doux Abel. L'agneau qui paissait les brebis se vidait dans la glèbe.

Elle aussi sentait la pluie sur ses joues. Mais le ciel restait sec et muet.

Abel mort, Caïn inatteignable, Adam et Ève se retrouvaient en larmes au bord du trou violet.

D'abord Abel ne comprit pas. Il se voyait en bas. Il n'avait plus peur.

— Qu'est-ce qui se passe ?

Un inconnu vêtu de blanc et de noir l'observait.

Dom Gilbert n'en revenait pas. Il se retrouvait sur les lieux du premier meurtre.

1

— Pour la sortie, suis le fil de chair. C'est le vivant. L'autre, le fil de lin, est un support.

Elle a un petit corps de danseuse.

Il peut maintenant entrer et sortir de la mort.

— Pour entrer, tu te laisses aller.

— C'est tout?

— Non. Tu te laisses aller avec confiance.

— Pourquoi m'as-tu appris ça?

— Parce que tu acceptes Dieu, que tu acceptes de mourir et d'être un vieux. Tu traînes tellement de fils de lin que t'as de nouveau l'air d'un spermatozoïde.

— Je peux essayer de mourir et de revenir?

— Oui, c'est ton heure. Suis le fil vert dans la lumière noire.

Dom Gilbert se laisse mourir. C'est facile; il suffit de cesser de vivre et de passer dans le nuage. Il est tout de même surpris que ce ne soit que ça, la mort. Pour repasser dans la chair, il se laisse glisser dans le rayon.

— Je comprends; c'est l'instant qui est éternel.

— Oui, peur de mourir ou peur de vivre, c'est toujours la mort.

La cloche sonne l'Angélus du soir.

Assis dans sa stalle, dom Gilbert ouvre les yeux et constate qu'il s'est endormi en méditant.

— Que c'est étrange! On aurait vraiment dit que j'étais là!

Il conduit les frères au réfectoire, comme d'habitude.

Dom Gilbert est abbé de La Ferté depuis six ans. En 1968, les événements de mai l'avaient sorti de Paris. Au lieu de se joindre aux révolutionnaires du Quartier latin, il était parti en retraite dans un monastère. Féru d'histoire, il connaissait trop bien le processus pour ne pas savoir comment finirait la petite révolte.

Il avait choisi l'abbaye de La Ferté parce que les Cisterciens lui semblaient fous. Ils recréaient la vie médiévale en plein vingtième siècle. Ça l'amusait et l'intriguait.

Il était né à Montréal, à l'hôpital de la Miséricorde, de parents inconnus. C'est dans un orphelinat dirigé par une congrégation religieuse féminine qu'il avait grandi. Curieux, secret et intelligent, il s'était laissé conduire… puisqu'il ne pouvait pas diriger. L'aumônier de l'institution l'avait aidé à faire son cours classique. Il était passé directement du dortoir de l'orphelinat à celui du petit séminaire. Gilbert serait prêtre, évidemment.

Lui savait qu'il n'en était pas question, mais il ne le disait surtout pas. Quand il avait obtenu son baccalauréat ès arts, l'abbé Grenier lui avait trouvé un bienfaiteur. Il pourrait vivre agréablement pendant ses années d'étude au Grand Séminaire de Montréal, chez les Sulpiciens.

Monsieur Monette, le généreux courtier d'assurances, commit une imprudence. Il rédigea un gros chèque au nom de Gilbert. Il voulait responsabiliser le jeune homme : c'était le séminariste qui administrerait son argent pendant les quatre ans.

Gilbert attendait son heure depuis toujours. L'Exposition universelle de Montréal la sonnait. Pendant plus de quatre mois, il travailla au pavillon de la France. Le jeune gardien de sécurité y obtint tous les papiers nécessaires à un séjour prolongé.

À l'automne, il débarqua sans beaucoup de bagages à Orly.

Quand on a la chance d'être orphelin, on n'est jamais plus fort que dans la solitude. Le temps d'enregistrer le rythme et les intonations, Gilbert avait assimilé l'accent des Parisiens… qui prétendaient ne pas en avoir. La prétention n'avait pas de limites. L'arrogant garçon de café, déjà intégré, le savait.

Toujours seul, il ne voulait qu'une chose : apprendre. Il aimait mieux le sens de la vie que la vie. Onaniste d'élite, il n'était même pas pervers. Il se libérait l'esprit sans état d'âme. Le solitaire jouissait par l'intellect.

Gilbert se moquait autant des fils de bourgeois que des petits pauvres arrivistes. Il était seul au monde et cela lui allait bien. Alors, les poux nerveux du Boul' Mich qui s'excitaient sur les pavés, ça l'ennuyait.

En route pour la Bourgogne !

Il s'installa à l'hôtellerie du monastère avec sa tonne de livres et son petit sac de vêtements.

La paix ! On lui foutait la paix. Le séjour ne coûtait presque rien. La table était plus qu'acceptable et les moines ne le regardaient même pas.

Ils menaient une vie de fous : réveil en pleine nuit et longues heures de prière en commun. Ils ne parlaient pas, ne sortaient pas et l'on sentait entre eux une entente tacite : travaille, prie, étudie et t'auras pas un seul souci. Pas un !

Gilbert n'avait pas la foi. Il n'était même pas en réaction contre l'éducation janséniste de son enfance canadienne-française. Comme on disait chez les *Cousins* : « Il en avait rien à cirer. »

Il ne voulait pas de femme, pas d'enfant. Il s'était fait une place à Paris tout comme au dortoir de l'orphelinat et il n'avait pas vu une bien grande différence.

Allongé sur le lit de sa chambre d'hôtellerie, Gilbert se libérait consciencieusement l'esprit de la main droite en lisant le trente et unième sermon sur le Cantique des Cantiques de saint Bernard.

Après la petite secousse, Gilbert ferma les yeux et il écouta : il entendit le silence. Il se sentait si bien que sa décision était prise : il ne partirait plus de La Ferté.

Marrane depuis toujours, il savait bien que pas un moine ne pourrait lire dans son jeu. Gilbert s'identifiait à ces Juifs du quinzième siècle qui avaient dû utiliser la dissimulation pour sauver l'essentiel. Les Espagnols catholiques leur donnaient le même nom qu'aux porcs : marrane. Dans son Québec ultramontain et janséniste, l'appartenance simulée au catholicisme plaisait à Gilbert Fortin. Pendant son cours classique, il avait nagé dans saint Thomas d'Aquin en affirmant avec les autres que c'était la seule vraie philosophie ; tout le reste étant l'histoire des pauvres errances de l'orgueil, ce masque inconscient de la peur. La vie cachée de l'étudiant se passait dans la bibliothèque de l'Index : tous ces livres condamnés par la sainte Église. Il s'était découvert des alliés en certains professeurs et s'amusait à utiliser ce mot arabe de marrane qui désignait les Juifs faussement convertis au temps de l'Inquisition.

Tout ce qui rapprochait Gilbert d'une quelconque élite l'attirait. Après quelques jours à La Ferté, la bibliothèque du monastère l'avait séduit : plus de cent mille livres à la maison ! Quand un homme a trouvé le bonheur, il reste là et le cultive.

Gilbert se leva et jeta les Kleenex à la poubelle.

□ □ □

Trente ans plus tard, dom Gilbert n'est pas abbé de La Ferté parce qu'il a cédé à l'ambition. Les moines l'ont élu et il n'a pas senti le besoin de protester. Ils n'ont pas décidé de sa vie : il est encore plus seul et encore plus libre.

À la suite de la lecture du *Journal d'Asie* de Thomas Merton, le cistercien s'est ouvert à l'Orient. Il puise là des inspirations nouvelles. Depuis qu'on l'a invité à la visite du dalaï-lama à l'abbaye de Cîteaux en avril 1997, il s'initie à une nouvelle forme de méditation. Cela lui vient par intuition. Jusqu'à maintenant, il avait toujours tout contrôlé. Pour la première fois, il se laisse aller. Il ne saurait dire pourquoi. Il verrait bien où ça le mènerait.

À plus de cinquante ans, il est heureux. Il aime encore et toujours apprendre.

Il est à la tête d'une quarantaine hommes qui ont choisi de lui obéir. Lui, qui ne croit ni à Dieu ni à Diable, est leur guide spirituel. Il s'acquitte fort bien de sa tâche. Il a tellement étudié la Bible, le catéchisme, les Pères de l'Église et ceux du désert qu'il comprend qu'il ne s'agit pas tant de trouver les réponses que d'écouter les questions.

C'est surtout son calme qui attire les moines. Il ne manifeste jamais d'angoisses métaphysiques. Pour ses frères, la foi de dom Gilbert est le rocher sur lequel viennent se briser leurs doutes.

Cette imposture plaît toujours autant à dom Gilbert.

Dans l'Ordre cistercien de la stricte observance, dom Gilbert est une vedette. Polyglotte, compétent et organisé, il se dirige lentement vers la sainteté.

Seul à son bureau, il sourit ; la naïveté l'attendrit.

Il attend son visiteur. Chaque frère le rencontre régulièrement. Ce soir, c'est au tour d'un jeune novice. Frère Ouriel est beau comme une fille, mais il ne trouble pas la chair libre du Père abbé, onaniste discipliné. C'est son esprit qu'il éveille. Jamais dom Gilbert n'a côtoyé un être aussi délicat, aussi lumineux. Frère Ouriel a vingt ans et une peau translucide. Il est ébloui par saint Jean. Il connaît le prologue de son Évangile par cœur. Il a mémorisé une bonne partie du psautier. C'est un être d'élite, ni homme, ni femme… ou les deux. L'ange a même les yeux bleus. Quand on a rasé ses boucles blondes, quelques vieux frères ont eu le cœur serré.

Pour dom Gilbert, qui a vu sa barbe grisonner sans s'émouvoir, tout ça est tellement anecdotique !

Oui, le gamin lui plaît. Il est content de le voir s'approcher, les yeux baissés et les joues roses.

Jamais l'habit de novice n'a paru aussi beau. Toute cette toile écrue ne distrait pas le regard de l'essentiel ; l'attention se porte tout de suite sur le visage.

Il est dix-neuf heures. Ils ont un peu moins d'une heure à partager.

En trente ans de vie monastique, dom Gilbert n'a jamais rencontré un novice comme celui-ci. Frère Ouriel vit au monastère depuis déjà neuf mois. C'était un petit hippy qui leur était arrivé au mois de juin. Dom Gilbert avait souri. Le jeune homme aurait pu sortir directement de Mai 68. C'était vrai ; on cueillait une nouvelle génération d'*enfants-fleurs*.

Dom Gilbert sait que, si Ouriel cherche la paix, l'*hésychia*, il la trouvera ici. La réserve du gamin lui plaît. Son enthousiasme discret le séduit. Il avait hâte à ce rendez-vous. Il s'est même brossé les dents, juste un peu avant.

Ses belles mains fines sagement posées sur le bureau, dom Gilbert parle. C'est le monde à l'envers. La rencontre du novice doit permettre au Père abbé de le connaître. Le frère vient se confier au père spirituel. Le Père abbé est le représentant du Christ au monastère. C'est pourquoi on l'appelle dom : abréviation de *Dominus*, Seigneur.

Le petit Ouriel a créé un autre lien. Il a éveillé autre chose chez dom Gilbert. En sa présence, dom Gilbert se sent généreux ; il a envie de donner. Il ne veut pas dégonfler l'illusion religieuse du jeune homme, mais il essaie de lui ouvrir l'esprit. Il peut attiser sa curiosité. Il vient d'acheter la traduction des volumes de la bibliothèque copte de Nag Hammadi, découverts en décembre 1945 par un paysan qui labourait son champ. Il s'est aussi procuré les quelques milliers de pages des manuscrits de la mer Morte, retrouvées deux ans plus tard. Le tout a coûté une fortune. C'est le nouveau trésor de la bibliothèque de La Ferté. Il faudra

peine. Il ne connaissait qu'un moyen vraiment sûr : ne jamais s'attacher.

Ce n'était pas par vice que Gilbert avait choisi l'onanisme. C'était la voie de la liberté. En se dégageant les humeurs, il coupait les ponts. Il ne voulait pas avoir envie de quelqu'un.

Oh! Il n'en est pas là avec Ouriel, mais il n'aime pas ce qui vient de se passer.

Aussitôt, la résolution monte : il ne se touchera plus. Il a tellement parlé des vertus de la chasteté qu'il décide qu'à cinquante-cinq ans il est temps de couper le canal de dérivation et de laisser monter l'eau dans le réservoir. Il se sent assez fort pour bien gérer ce surplus d'énergie.

Cette faiblesse d'aujourd'hui ne lui déplaît pas. Il connaît le paradoxe que saint Paul exprime dans la deuxième Épître aux Corinthiens : «Lorsque je suis faible, c'est alors que je suis fort.»

Dom Gilbert se réjouit. Il sent qu'il passe à autre chose. Une porte s'ouvre. Il ne sait pas ce qui l'attend, mais il a confiance. Il ferme les yeux. D'un seul coup, la fatigue l'assomme.

◻ ◻ ◻

— Mon Dieu!

— Il est mort!

Dom Gilbert regarde en bas. Quelqu'un est couché dans un lit. Autour, deux moines s'agitent. Dom Gilbert n'a jamais été aussi bien. Souvent, dans son sommeil, dom Gilbert est conscient de rêver. Mais là, vraiment, ce rêve est une merveille.

— Tiens, c'est moi !

Il se voit dans le lit. Oui, c'est lui. Il comprend qu'il ne rêve plus. Quand la lumière verte se répand dans toute la cellule, il se souvient de la petite danseuse. Dom Gilbert se laisse aller dans la ténèbre lumineuse et ressort par les oreilles du corps allongé.

— Son cœur bat !

Il ouvre les yeux. La lumière crue de l'ampoule le poignarde. Il lui semble pleurer son sang. Il ferme les paupières. L'air un peu froid lui coule dans le crâne et le cerveau reprend le pouvoir.

— Je voudrais qu'on me laisse seul.

Il a parlé. Il n'a regardé personne.

Le jour n'est pas encore levé. S'il n'y avait pas cette convention, réglée avec son vieux secrétaire, personne n'aurait su ce qui vient de se passer. Un peu avant la cloche de vigiles, vers trois heures quinze, frère Matthieu doit frapper à la porte de dom Gilbert.

— *Benedicamus Domino.*

S'il n'entend pas le Père abbé répondre « *Deo gratias* », il doit entrer dans la cellule, faire de la lumière et répéter « *Benedicamus Domino* ». Il se retire en entendant la réponse convenue.

Cette nuit, dom Gilbert n'a pas ouvert la bouche. Frère Matthieu a tout de suite couru à l'infirmerie. Il est revenu avec frère Nathanaël qui constatait le décès quand dom Gilbert a pris conscience de la scène.

Frère Nathanaël est bègue. Il a tout juste soixante ans et c'est déjà un ancien de La Ferté. Arrivé en 1960, il a branché sa vie sur un seul livre : la Bible. C'est son guide alimentaire. Il se cuisine une vie éternelle. En devenant moine, il a choisi de profiter du raccourci de saint Benoît. Il connaît par cœur la règle monastique. Il sait tout de la vertu d'obéissance. Cette nuit, c'est le Père abbé qui doit se soumettre au frère infirmier.

— Ce… euh… euh… serait imprudent de te laisser seul.

Le Père abbé ne lui répond pas.

— Je vais rester auprès de toi avec Marie.

Frère Matthieu sait bien que dom Gilbert acceptera plus facilement sa présence.

Silencieusement, le supérieur acquiesce.

Frère Nathanaël se retire.

Le vieux secrétaire se dissout dans la prière. Il coule dans son chapelet et fait le tour du monde visible et invisible.

Le temps s'étire jusqu'au bout du ciel et touche le soleil qui ouvre un œil rougissant.

Dom Gilbert ne dort pas. Une timide tendresse vient lui faire mal. Dans l'orangeraie du ciel d'aurore, l'air frais de la cellule sent bon. Mais la vie est de l'autre côté de la fenêtre. Dom Gilbert sait maintenant qu'il respire dans un œuf. Il n'a pas vécu. L'orphelinat est tératogène.

— Je suis un pauvre monstre.

Les vagues de lumière neuve se brisent sur les vitres de l'alcôve. Dom Gilbert n'entend pas, ne parle pas, ne voit pas. Les trois petits singes du psychologue grimacent. Il n'aura droit qu'à l'évidence. Il éternue une infirme satisfaction cérébrale.

— Je ne suis pas mort.

2

Frère Ouriel revient de la fromagerie en égrenant son chapelet. Il a découvert le fruit de cette vieille façon de prier. Les ignorants croient qu'il faut penser à chaque mot de l'*Ave*. Ouriel sait qu'il ne s'agit pas de ça. La récitation du rosaire dégage l'espace au-dessus de la tête. Son esprit y respire un air pur et frais. Il entre en contact avec une autre dimension. Un suc paisible irrigue tout son corps. Il boit le monde avec tendresse et compassion.

Depuis vigiles, il prie pour dom Gilbert. Son Père abbé est alité, victime d'une sévère chute de tension. Il le sait par frère Matthieu, son professeur de grec. Le Père abbé prend quelques jours de solitude.

Ouriel n'est pas surpris. Déjà, hier soir, dom Gilbert paraissait épuisé. Quand il a cessé de parler, qu'il a fermé les yeux en courbant la tête, Ouriel a perdu ses moyens. La sainteté de dom Gilbert l'a toujours impressionné. On dirait le Christ à Gethsémani : seul et tragique. Ouriel n'a pas senti son abbé en danger. Il fallait le laisser seul « et puis, voilà ». Il est donc respectueusement sorti du bureau du supérieur pour rejoindre sa stalle dans l'église. Pendant que son Père abbé assumait la souffrance du monde, le petit frère Ouriel priait pour dom Gilbert.

C'est un jour de printemps magnifique. Les moines de La Ferté ont respecté la tradition : ils vivent de la vente de leur fromage, produit du lait de leurs vaches, nourries du fourrage récolté sur leurs terres. Ainsi doivent être les Cisterciens. Ainsi sont-ils.

Ils ont connu un sévère passage à vide pendant près de vingt ans. Les vieux moines mouraient et les jeunes n'arrivaient pas.

En 1996, quand dom Francis, âgé de soixante-quinze ans, s'était retiré comme il se devait, il n'y avait pas pléthore de candidats à l'abbatiat. Le choix s'était assez facilement porté sur frère Gilbert. Il vivait à La Ferté depuis près de trente ans et approchait solidement de la cinquantaine. On n'avait même pas pu lui reprocher sa naissance canadienne ; on l'ignorait. Il en arrivait lui-même à presque l'oublier. La solitude de dom Gilbert demeurait une de ses grandes forces. En plus d'un quart de siècle, il n'avait pas reçu un visiteur. Il ne s'était jamais confié, répandu, apitoyé sur son sort. Il se réfugiait avec humour derrière une petite phrase.

— Je ne suis pas orphelin ; je suis le fils de Dieu.

Lui qui ne croyait ni à Dieu ni à Diable s'amusait *in petto* en baissant modestement les yeux devant la réaction respectueuse des vieux moines.

Le docteur Petit avait foncé de Dijon à La Ferté après l'appel de frère Nathanaël. Il aimait bien le Père abbé. Il appréciait l'absence de prosélytisme chez le moine. Sa capacité d'écoute commandait le respect. On sentait qu'il faisait confiance. Avec lui, on partait gagnant.

De toute sa vie, le docteur Petit n'avait rencontré qu'une autre personne capable d'un tel détachement généreux. C'était pendant un stage au CHUV de Lausanne, à la fin de ses études. Le docteur Claire Thiercy dégageait la même liberté tranquille. Il en était éperdument amoureux, mais elle ne le savait même pas. Elle ne parlait jamais d'elle-même. Elle pouvait cependant discourir pendant des heures sur son petit frère. Ouriel quitterait bientôt la maison pour le collège de l'abbaye de Saint-Maurice d'Agaune, dans le Valais.

La belle blonde aimait rigoler. Elle racontait des histoires assez scabreuses et en observait l'effet sur le jeune médecin bourguignon. Elle riait de le voir un peu scandalisé. Pourtant, elle n'était jamais vulgaire. Mais elle aimait choquer pour déstabiliser l'autre, ébranler ses certitudes.

— Chaque fois qu'on perd un préjugé, on gagne un centimètre.

— Vous allez faire de moi un géant.

Charles Petit plongeait son pain dans la fondue et touillait juste un peu trop.

— Ce qui me plaît avec vous, c'est que vous ne perdez pas votre temps à vouloir me séduire.

Charles s'étouffait discrètement dans son verre de kirsch. S'il n'avait rien tenté, c'était pour ne pas se priver du plaisir de la côtoyer. Il se savait d'un autre monde. La belle et le cordonnier, ça jouait dans les chansons folkloriques. Aux marches du palais des princes de Bourgogne, le fils du cordonnier avait plutôt ramassé les crottes de chien pour payer ses études. C'était dans le cadre d'un échange universitaire que Charles Petit passait quelques mois dans le canton de Vaud. Seule son application au travail l'avait rapproché de Claire. Jamais il n'avait été aussi déçu qu'en apprenant qu'elle était la fille du richissime Thomas Thiercy. Pourquoi le ramasseur de crottes ne pouvait-il pas tomber amoureux de la fille d'une madame Pipi, en toute simplicité? Le ver de terre et l'étoile, c'était tellement nul!

Il souriait tout en écoutant le cœur de dom Gilbert.

— Vous entendez de la musique?

Charles retire le stéthoscope.

— Vous dites?

— Vous souriez en m'auscultant. Je vous demande si vous entendez de la musique.

Charles esquive, en accentuant son sourire.

— Un bien beau rythme tribal. Votre tam-tam annonce de bonnes nouvelles : soixante-douze pulsations par minute. Je sais bien que vous ne demandez pas qu'on vous rassure, mais moi, si. Faites attention au surmenage, c'est tout.

— On ne devient pas moine pour mourir d'une crise cardiaque, je sais. Mais les voies de Dieu…

— Ce ne serait tout de même pas un bon exemple, dom Gilbert.

Les deux hommes rient un peu. Ils s'aiment bien. Les deux petits pauvres sont sortis de la misère sans l'oublier. Ils se savent privilégiés. Toutefois, s'il y avait un saint dans les deux, ce ne serait pas le moine.

— Je vous confine à votre cellule pour quarante-huit heures.

Avant que le Père abbé ait le temps de réagir, il lui sert sa propre règle.

— Ce que j'aime de la vertu d'obéissance, c'est que vous ne pourrez que vous soumettre.

Dom Gilbert rit franchement.

— Je repasserai après none.

Le médecin parti, dom Gilbert tend avec plaisir la main vers *Mémoire et résurrection* de Georges Haldas. Il flotte un peu au-dessus des lignes avant de se poser sur un bout de paragraphe : « Ce qu'on appelle abusivement *bon sens* n'est, le plus souvent [...] qu'une sorte d'anesthésie de l'essentiel par le primat du quotidien. »

Une conversation radiophonique remonte. La très parisienne Françoise Verny, papesse de l'édition française, parlait à un jeune auteur.

— Quand vous allez à l'essentiel, vous parlez simplement. Vous êtes bon.

L'autre avait osé la question que dom Gilbert attendait.

— Qu'est-ce que l'essentiel ?

— L'essentiel, c'est les questions que vous vous posez.

Dom Gilbert ne lit plus ; dans sa cellule monacale, une question monte.

— Qui pose les questions ?

Il a parlé à voix haute. Il répète les mots en cherchant la frontière entre la chair et le son.

À la mi-cinquantaine, dom Gilbert passe à autre chose. Ce matin, il ne détesterait pas croire en Dieu.

Pour la première fois, on lui demande de se ménager un peu.

Il se revoit à l'hôtellerie, au printemps 1968. La surprise de père Augustin l'avait amusé. Il demandait qu'on l'accepte au postulat, sans même repartir quelques jours à Paris.

Gilbert Fortin avait alors écrit à la concierge de son petit studio, rue de l'Agent-Bailly.

Chère Régine,

Je ne rentrerai pas. Vous pouvez disposer de ce qui m'appartient. Merci pour tout. Je ne vous oublierai jamais.

Entré dans la vie cistercienne comme on revient à la maison, il avait eu l'énorme chance de passer les deux années et demie de postulat et de noviciat seul avec le Père maître. Il avait contrôlé leurs rapports et maintenu leur lien sur le plan intellectuel. Il savait finement respecter tout ce qui était d'ordre liturgique et religieux. Il s'adonnait avec bonheur à cette *lectio divina* si chère aux moines : *lectio, meditatio, oratio, contemplatio.* On lit lentement le texte de l'Écriture, on y revient, on s'attarde et, parfois, un besoin de prier se fait ressentir, une véritable envie de s'envoler ; on dirait qu'une main venue d'en haut tire le lecteur hors du temps et le porte un instant dans la lumière.

Pour les initiés de cette pratique, la lecture de la *Parole de Dieu* était le pain du ciel, la manne spirituelle. Elle constituait, avec l'Eucharistie, la nourriture véritable.

Pour Gilbert Fortin, tout cela demeurait théorique, mais il s'agissait pour lui d'un des plus beaux mythes de l'humanité. Gilbert n'avait pas faim du *pain de vie*. Il se sentait dévoré par la soif d'apprendre. Il parlait allemand, latin, grec, copte, araméen et même anglais. Tout ça uniquement pour lire tous les textes dans leur langue d'origine.

□ □ □

Il rentrait de Rome où dom Francis avait envoyé étudier son brillant jeune profès, qui venait de prononcer ses vœux.

— Il ne vous manquait plus que l'italien pour être pape!

Frère Gilbert connaissait bien l'histoire de son ordre religieux. Le cent soixante-quinzième pape était un cistercien. Au douzième siècle, Eugène III avait gouverné l'Église pendant huit ans. La deuxième croisade, que saint Bernard avait prêchée à sa demande, marquait l'histoire. On devait aussi à Eugène III la poursuite de la réforme grégorienne. Tout comme le moine clunisien qui l'avait précédé au onzième siècle, il s'opposait au mariage des prêtres et à la soumission de l'Église au pouvoir temporel. Ses luttes avec Arnaud de Brescia étaient célèbres. On ne se refilerait tout de même pas les cures en héritage, de génération en génération!

Dom Francis avait appelé frère Gilbert au sacerdoce tout de suite à la fin de ses études. À son retour d'Italie, il le nomma cérémoniaire et responsable de la réforme liturgique. On sortait du latin et l'adaptation au français demeurait délicate. De plus, on avait unifié l'Ordre et les anciens frères convers, qui avaient toujours récité leur chapelet en regardant de loin prier les moines prêtres, les rejoignaient dans le chœur.

Le reste du temps de travail de Gilbert était consacré à l'affinage des fromages.

S'il n'y a pas deux moines pareils, ils ont une chose en commun : ils se fichent la paix. Quand on recherche l'*hésychia*, «on court pas après le trouble». Ce tout petit bout d'accent montréalais ne remontait que dans le secret de l'alcôve de dom Gilbert.

Le voilà bien loin de Georges Haldas. Il n'aime pas beaucoup la mémoire, dom Gilbert. Il a toujours voulu aller de l'avant, comme le recommandait saint Paul. Il endosse les excès de l'homme de Tarse. Son numéro de cirque du chemin de Damas le séduit. Ce pharisien avait compris comment vaincre les sadducéens. Il fallait ouvrir le Temple aux païens : faire crouler l'aristocratie sous le nombre. Ce crucifié de Jérusalem pourrait servir d'emblème. Ses disciples affirmaient l'avoir vu, après sa mort. En chevauchant vers Damas, il avait été ébloui par l'évidence : il tenait son ressuscité. Il prouvait enfin que sa secte avait raison : on ressuscitait bien d'entre les morts.

Mais le plus formidable avec un Dieu ressuscité, c'était qu'Il soit mort. On pouvait lui faire dire ce qu'on voulait. Il n'avait eu qu'à s'abandonner à son vertige pour se laisser conduire, résumait cyniquement dom Gilbert. Il n'aimait pas beaucoup saint Paul. Il l'admirait.

Il est un peu perdu, à l'instant, dom Gilbert. On lui a enlevé ses repères. Il déteste être cloué au lit, mais il se sent tellement fatigué ! Pour la première fois, en plus d'un quart de siècle, dom Gilbert s'assoupit en plein jour, en dehors de l'heure de la sieste.

□ □ □

Frère Ouriel, penché sur son devoir, révise ses notes. Dans dix minutes, il va présenter un texte de saint Bernard aux novices : *Les degrés de l'Humilité et de la Superbe.*

L'étourderie, la dispersion, la *curiositas* désorientent le cœur. Par les voies de l'arrogance, de l'autojustification et de la rébellion, elles mènent au mépris de Dieu et à l'habitude de vivre en exil. C'est le chemin de la Superbe. À l'opposé, quand l'homme est pris d'effroi, saisi d'un grand frisson sacré devant la transcendance, il ouvre la porte à la connaissance de soi et de sa petite misère : « David ne s'excepte pas de la misère commune de peur d'être excepté de la miséricorde commune », écrit saint Bernard.

Ouriel se dit qu'il a beaucoup de chance. Ce fils de famille connaît bien la misère. Il n'a pas profité de son statut privilégié. On le lui a pourtant reproché. Au collège de Saint-Maurice d'Agaune, la plupart des chanoines le traitaient différemment de ses condisciples. Bien sûr, il était calme et discipliné, mais il ne faisait pas exception. Les chanoines ne toléraient pas les rebelles. Il n'y avait pas de place pour le bas de gamme. Ils étaient responsables de la formation de l'élite suisse. Ouriel en représentait l'archétype. La famille Thiercy formait un des piliers romands de la Confédération. Thomas alliait un sens aigu des affaires à une exemplaire préoccupation caritative. Depuis plus de dix ans, Madeleine Thiercy publiait des romans que les religieux ne pouvaient approuver, mais l'ampleur de son succès et la qualité littéraire de son œuvre la préservaient de toute condamnation ou reproche. Les chanoines savaient être de leur temps ! Ouriel était bien dans une classe à part à Saint-Maurice. Cela le navrait. Parmi les adolescents, on le détestait. Mais surtout, on aurait voulu le flatter, en faire son ami.

Ouriel recherchait autre chose.

Ouriel avait un don. Il le camouflait, craignant que ce cadeau ne le conduise à sa perte. Il avait un pouvoir dans les mains. Il s'autoguérissait.

À neuf ans, il en avait pris conscience. Il s'était gavé de saucisse aux choux et de papet au retour d'une randonnée en ski. Une furieuse crampe lui ayant tordu les boyaux, il gémissait, seul sur son lit. Instinctivement, ses mains s'étaient posées sur la douleur. Il avait tout de suite senti rayonner la chaleur. Puis, une éructation surprenante évacuait le mal.

Surpris et amusé, il s'était avancé vers la fenêtre de sa chambre pour regarder tomber la belle petite neige de janvier. Un point noir s'agitait sur le fond blanc.

Ouriel sortit pour ramasser l'oiseau blessé. Il le tenait à peine dans ses mains que l'impression de chaleur recommença. Ouriel ne bougeait plus. Il sentait un espace plus frais se dégager au-dessus de son crâne et ses mains irradier la chaleur. Quand il ouvrit les yeux, l'oiseau s'envola en remerciant. Ouriel savait que le petit cri de l'oiseau était un chant de gratitude et de louange. L'enfant ne s'était pas pris pour un thaumaturge, mais il sentait que tout ça n'était *pas catholique*. Il en avait toujours gardé le secret.

3

Autour de midi, dom Gilbert se réveille, immobilisé sur son lit. Sa respiration est ample : il sent l'air frais qui pénètre par un grand cylindre au centre de son corps. Son cœur bat, fort et solide. Une onde exquise circule du bas de ses reins jusqu'au milieu de sa tête. Dom Gilbert, paralysé, n'a pas peur. C'est l'énormité de son bonheur qui le fige. Le mouvement s'affirme dans la colonne vertébrale. Il y a quelqu'un qui bouge en lui.

Une joie indicible monte.

— Merci, merci, merci.

C'est tout ce qu'il peut dire. Et il ne cesse de le répéter.

L'impulsion naît dans le bas-ventre, entre les hanches. Ce sont de grandes vagues qui viennent de la haute mer. Elles remontent jusqu'au milieu du crâne et touchent un point précis qui irradie.

Dom Gilbert est cloué sur son lit par le bonheur. C'est tellement grand ! Il est à la frontière de l'intemporel, de l'immatériel, dans l'immensité pourpre. Cela ne cesse pas. L'intensité est constante.

— Merci ! Mon Dieu !

Pour la première fois de sa vie d'homme, Gilbert Fortin prie Quelqu'un. Et Le nomme. Le moine vient d'entrer en contact. Il se laisse prendre entièrement. Il est en pleine Épiphanie ; Dieu se manifeste. C'est tellement exquis ! Gilbert accepte tout. Il a dit oui. Gilbert accouche dans la lumière. C'est l'instant éternel. Le sens de la vie est une sensation. On ne se dirige pas quelque part ; on s'ouvre.

Gilbert, qui s'offrait la lecture d'un roman par année, avait d'abord connu l'existence de ce qui lui arrivait par *Le Pendule de Foucault* d'Umberto Eco. Il avait lu qu'une onde énergétique pouvait donner l'impression du mouvement d'un serpent ; comme si la colonne vertébrale s'ouvrait à une autre dimension. Chez les hindous, cette énergie s'appelait le Kundalini : un serpent ! Il apprenait que les Templiers connaissaient le serpent Kundalini. Ce n'était pas parce qu'ils pratiquaient la sodomie que les *moines guerriers* posaient les lèvres sur le bas du dos d'un nouveau chevalier ; ils embrassaient la tête du serpent.

Et voilà que cette jolie métaphore pour intellectuel devenait réalité ; contre toute attente, il le sentait. Gilbert ne pouvait que le constater : le serpent Kundalini était éveillé ; depuis toujours, il se lovait dans le sacrum, fœtus en gestation.

Le religieux avait lu chez saint Jean que Jésus disait : « Vous êtes des dieux. » Cela faisait sourire le sceptique. Maintenant, il souriait de tout son cœur : il comprenait le sens du vieux cantique « Il est né le divin enfant ».

— C'est donc vrai qu'on ne meurt pas !

Il a vu et il sait : il est éternel.

Il sent une présence dans son ventre. Un cobra aux yeux rouges rencontre un regard pourpre à travers des yeux pers. La tête du serpent, celle du moine allongé et les yeux qui voient les deux, c'est encore et toujours lui. Gilbert est trinitaire.

Dom Gilbert rêve éveillé.

Il repose sur la plage de draps rugueux, ébloui.

Puis, il reprend pouvoir sur sa chair et pose les deux mains sur son ventre plat. Il ouvre les yeux et promène le regard sur sa petite cellule nue. Il est saisi de compassion. Ce pauvre enfant qui s'est emmuré là, c'est lui. Il voudrait se lever, mais n'en a pas la force.

On frappe discrètement.

Le moine tape dans ses mains; c'est la manière trappiste de manifester sa présence.

Un bon frère infirmier un peu soucieux passe la tête.

— Viens, frère Nathanaël.

— Co-comment te sens-tu, Père abbé?

Mon Dieu! Comment lui dire? Que lui dire? Pourquoi lui dire? Certains savent; d'autres, pas. *Comprenne qui peut comprendre.*

— Mieux, bien mieux.

— Le docteur Petit a téléphoné. Il voulait s'assurer que tu n'étais pas levé.

Dom Gilbert sourit. En fait, sa position n'a pas changé. Il est toujours marrane. Moine agnostique ou chrétien initié, il reste dans la marge.

En regardant frère Nathanaël, il sent son cœur s'embraser. Depuis quarante ans, jour après jour, l'homme scrute les Écritures. Il noircit des petits cahiers d'écolier. Il mémorise des pages de saint Paul. Il peut toujours proposer un extrait de la Bible, quelle que soit la situation. Tel un bœuf attelé, il peine dans la glèbe. Le front bas, il ne voit pas le ciel. La bonne volonté prend toute la place. L'obstination est sa plus grande qualité. Hélas! Il n'a pas de talent. Il doit tout arracher.

Dom Gilbert ferme les yeux et retombe en enfance. C'est la fin de l'année scolaire. Il a encore aisément réussi. Au fond de la classe, il voit sauter les grosses épaules de Camille Grimard. Le garçon le plus costaud de la classe est un cancre et, pourtant, le contraire d'un délinquant. Il a obtenu un complet gris d'un bienfaiteur. Toujours cravaté, à onze ans, Camille essaie d'apprendre, à s'en fracasser la tête. Mais il ne retient rien. Il serait plus facile à un torrent de faire de l'escalade qu'à Camille Grimard d'accorder les participes passés.

Gilbert en a les larmes aux yeux.

— Faut te re-reposer, Père abbé.

Dom Gilbert regarde frère Nathanaël et comprend : c'est maintenant qu'il pleure. Il sent d'infinies couches de voiles translucides entre l'infirmier et lui. Il a plaisir à le savoir protégé par le cloître. Il le voit tel qu'il est : démuni et tendu. L'heure de frère Nathanaël n'est pas encore venue. Mais *un jour, on verra les anges aller et venir au-dessus du fils de l'homme*. Dom Gilbert le sait. *Que celui qui a des oreilles pour entendre, qu'il entende !* Il sent un espace nouveau juste au-dessus des yeux, au centre du cerveau : comme un trou noir dans l'espace. Il faut passer par là pour aller là où il ne sait pas. Il a trouvé *la porte étroite*. Dom Gilbert se cogne à la grosse évidence : il est heureux, douloureusement heureux. Il pleure davantage.

Frère Nathanaël se méprend.

— Re-repose-toi, dom Gilbert. Tu vas manger dans ton lit. Le docteur Petit sera ici dans deux ou trois heures.

L'abbé accepte d'être incompris. Il se sent tellement bien.

Frère Nathanaël est parti vers la cuisine.

Dom Gilbert doit se lever. Il a rendez-vous. Il sort de sa cellule et franchit les dix mètres qui le séparent de la chapelle de l'infirmerie.

Dans le silence monacal, il sent une présence. Il est branché, c'est net.

— Qu'est-ce que tu as fait quand ça t'est arrivé?

— Après le baptême dans le Jourdain, quand l'Esprit est descendu sur moi, il m'a conduit au désert.

— Mais je suis déjà au désert!

Dom Gilbert vient de l'interrompre.

— Il m'a conduit au désert… pour que j'éprouve la force.

— Non! Je ne veux pas d'épreuve! C'est la première joie de ma vie.

— Ne t'inquiète pas. Goûte comme ce que tu sens est bon. Ce qu'on appelle l'Esprit Saint, c'est ça. Tu vois comme c'est réel. La vie est immense.

— Mais pourquoi moi, qui ne croyais en rien?

— Pourquoi pas? Goûte et vois. Reste ici, près de moi. Prends des forces. Nourris cette joie dans le silence. C'est ce que je faisais au désert. Oui, *une seule chose est nécessaire.* Maintenant, tu le sais. Ne t'agite pas. Tu te fatigues en pure perte.

— Mais mon Dieu! Toute la misère du monde?

— Maintenant, tu pourras lui venir en aide. Il faut d'abord laisser s'ouvrir ta mémoire. Laisse le feu de la joie te consumer entièrement. Il te faut *naître à nouveau*. Il te faut *naître d'en haut*. Je te donne *l'Esprit* qui seul peut venir en aide au monde. Maintenant, je vais te montrer qui tu es. Viens rencontrer ce peuple qui t'habite. Je vais réveiller tes passions et tu vas les brûler afin de *mourir d'amour pour la multitude*.

— Non! Je ne suis pas le Christ!

— Mais si! *Tu es le fils du Dieu vivant. Tu es mon fils bien-aimé, Celui qu'il m'a plu de choisir.*

— Mais mon Dieu! Tu me récites l'Évangile de saint Matthieu!

— Mais oui! Tu vois maintenant pourquoi on parle de Révélation. *Tu rendras témoignage. Ton témoignage sera conforme à la vérité.*

— Mais tu me dis la même chose qu'à Jésus!

— Oui, c'est maintenant à toi d'incarner mon amour. *J'aime tellement le monde que je te donne* à lui. Tu sens ces larmes qui te serrent la gorge en te mouillant le visage? C'est l'eau du sacrifice. Celle qui rend toute chose sacrée. *Tu es prêtre à jamais*, Gilbert-Christ. Tu vas *marcher sur les eaux*, mon Gilbert. Oui, tu vas marcher sur le mal. Tu seras méprisé, bafoué, trahi et rejeté. Ce n'est rien. N'attends pas la reconnaissance des hommes, ne cherche pas la gloire. *Ils se glorifient entre eux et ne savent pas que toute gloire vient de moi.* La gloire, la lumière naissent de cette joie que tu sens ici, maintenant, dans ce petit oratoire, tout près du tabernacle, dans l'infirmerie de l'abbaye de La Ferté, en Bourgogne, dans cette terre nourrie de la chair des moines depuis plus de neuf cents ans. Reste ici, rentre en toi. Il te suffit de suivre le fil de ta respiration pour me trouver. Je serai toujours au bout du fil de ton souffle. C'est l'heure.

Dom Gilbert est saisi d'une énorme crampe dans le bas-ventre. Il ouvre la bouche pour ne pas se noyer dans la douleur et retombe évanoui sur le plancher de bois en mordant la poussière.

La robe blanche de l'abbé baigne dans un cercle rouge qui fige frère Nathanaël quand il découvre enfin son supérieur.

4

Ouriel est tenté. Il voudrait faire quelque chose. Il pourrait guérir son abbé. Il suffirait de l'amener à l'hôpital. Il n'a jamais fait usage de ce don de thaumaturge avec un être humain. Pourtant, qu'est-ce qu'il a guéri comme animaux! Il a toujours réussi. C'est sans témoins qu'il laisse se déployer la force. Il sait que les malentendus s'accumuleront sur sa tête si on apprend son secret. Il comprend pourquoi Jésus demandait à ceux qu'il guérissait de se taire. La première guérison publique le livrerait à la pensée magique. Il sait que ce n'est la voie de la libération pour personne. Le pouvoir de guérir le corps est la manifestation primaire d'une force plus grande. Voilà celle qu'il doit développer.

Ouriel désire ardemment devenir un saint. Il est de la race de François d'Assise : un fou de Dieu. Oui, *le Seigneur a mis à part son fidèle*. Non, il n'interviendra pas directement. Il intercédera par la prière. Voilà. Il voudrait apprendre à guérir à distance. Il pourrait ainsi donner à boire sans épuiser la source.

Chez les moines, on ne doit pas se distinguer. Il a choisi La Ferté pour cela. Mais ce soir, il doit jeûner et prier pour ne pas courir chez le Père maître lui demander de le conduire à Dijon. L'hémorragie du Père abbé l'a tellement impressionné! L'arrivée du Samu, l'échange de regards au-dessus du malade et le départ de l'ambulance sous les platanes avaient des airs de drame. Pour se vider ainsi de son sang, dom Gilbert devait être sérieusement en danger. Tout ce qu'Ouriel a osé demander au Père maître, c'est de le laisser jeûner.

Le plus jeune des quatre apprentis moines de frère Jean-Daniel surprend souvent son supérieur. Il n'a jamais vu une vocation aussi évidente.

Le jeune homme l'impressionne.

— Je vais t'accompagner dans la prière.

Les deux religieux montent à l'oratoire du noviciat pendant que la communauté suit le prieur dans le cloître, vers le réfectoire. Ils prient en silence, agenouillés devant une icône de la mère de Dieu.

Ouriel ne sait pas comment s'y prendre. Il se demande par où commencer. Il se souvient que c'est d'abord lui-même qu'il a guéri, la première fois. Mais là, il ne se sent pas malade. Il se rappelle que ses mains avaient été conduites vers son ventre, inconsciemment.

— Je veux m'abandonner, mon Dieu : m'abandonner à Toi.

Il résiste! Voilà ce qui ne va pas. Oui, il est bien malade; il étouffe d'inquiétude. Il saisit qu'aucune force ne peut traverser un corps et un esprit aussi tendus.

Il faut s'en remettre à plus grand que soi : avoir confiance. Il pratique la prière de Jésus depuis longtemps. C'est au collège de Saint-Maurice qu'il a appris. Il en arrive à ne plus répéter qu'un seul mot : *Iéshoua.* C'est la prononciation araméenne de Jésus. Le chapelet roule entre ses doigts et il s'ouvre au nom du Ressuscité.

Toujours en prière à l'oratoire du noviciat, les yeux fermés, immergé dans le Nom trois fois saint, il accueille humblement l'incroyable. Comment son esprit s'est-il rendu là ? Ouriel l'ignore, mais il ne peut le nier : il voit son abbé !

Dans son lit des soins intensifs, dom Gilbert respire calmement. On retire une bassine remplie de sang. Dom Gilbert sourit faiblement. Il a un dizainier au majeur gauche et le fait tourner avec son pouce. Dom Gilbert prie. Père abbé n'a pas besoin de lui.

Frère Ouriel entend la cloche et ouvre les yeux. Il est seul dans l'oratoire. C'est l'heure des complies. Il a passé plus d'une heure en prière. Il se lève, se retourne et voit frère Jean-Daniel assis près de la porte. Le Père maître détourne le regard. Un grand frisson noir glace le dos du novice.

— Tu m'as fait peur. Pardon ! J'ai eu peur.

La jambe gauche du maître des novices sautille.

— Il ne faudra peut-être pas jeûner trop souvent. Ça rend impressionnable. La pratique de l'ascèse, c'est une entreprise délicate.

Le regard de frère Jean-Daniel n'a rien de bienveillant.

Ouriel a compris. Il connaît la suite. Tout va recommencer comme à Saint-Maurice. Inutile de partir de La Ferté, ce sera partout pareil. Il y a des agneaux et il y a des loups.

Il précède son supérieur jusqu'à l'église.

Frère Jean-Daniel dort peu. Après complies, il remonte à son bureau et s'autorise une petite heure de travail. Un filet de rage lui brûle la gorge. Il est au monastère depuis vingt ans. Il a manœuvré pour accéder à l'ordination. Il a joué toutes les bonnes cartes pour obtenir la direction du noviciat. Il ne voit rien de mal à l'ambition. Il a toujours respecté la règle de saint Benoît et pratiqué l'obéissance.

À vingt-cinq ans, il a franchi la clôture monastique comme un boxeur entre au gymnase. Fils de paysan normand, on l'a élevé à la dure. Sa mère ne faisait pas de cadeaux. Elle cultivait les pommes et la mesquinerie. Sur la ferme, on distillait le calva et la haine. Sa mère pratiquait une religion très stricte et sans attendrissement. Pendant la messe, elle récitait son chapelet. Quand elle prononçait *salue, Seigneur, sainte,* et surtout *ainsi soit-il,* Jean-Daniel entendait siffler le serpent sordide.

Il était naturellement mesquin et envieux. Doté de juste assez d'intelligence pour se savoir médiocre, il ne pouvait trouver le soulagement que dans la dissimulation. Il faisait tout comme il se doit. Il trouvait une satisfaction rageuse à tromper les plus fins. Il aurait voulu devenir avocat et s'allier aux plus retors : les trafiquants de drogue et les marchands d'esclaves sexuels asiatiques. Mais en arrivant à la Faculté de droit, il comprit qu'il ne ferait pas le poids. Il fallait se joindre à une meute féroce et citadine. Le louveteau des champs serait broyé avant d'avoir pu se faire les dents.

Jean-Daniel avait une qualité énorme : il savait tourner la page. Loup au milieu des loups, c'était trop gros pour lui, soit.

Il était rentré dans son village de Cormeilles depuis trois jours. Sa mère ne décolérait pas.

— C'était bien la peine de faire mourir ton père au travail !

Les funérailles de son vieux le ramenaient au pays. Il venait d'annoncer à sa mère qu'il ne retournerait pas à l'université.

Jean-Daniel avait déjà un plan de rechange.

— J'ai entendu l'appel, maman. Je sens que j'ai la vocation.

— Tu vas te faire curé ?

— Non, je veux devenir moine.

Tout autre que lui aurait été estomaqué de la réaction maternelle, mais ils se connaissaient si bien.

— Bon ! Ça va. Tu seras à l'abri.

La médiocrité de Jean-Daniel le servait. Sans état d'âme, le loup rejoignait les agneaux en bêlant le psautier. Un univers de quarante hommes serait à sa mesure. Ce microcosme lui suffisait.

Quand, après six ans de préparation soumise, on lui remit la coule blanche du profès solennel, il était ivre de rage étouffée. Il les avait bernés si facilement. Il consentait à toutes les humiliations en remerciant. Il s'était plongé dans saint Grégoire et pouvait réciter la règle de saint Benoît tant en latin qu'en français, y inclus les numéros de versets, les références et les notes en bas de page. Il avait rêvé de connaître ainsi le code juridique en entrant à la Faculté de droit. Il appliquait ici le même principe. Ce qui s'approchait le plus de la satisfaction, pour Jean-Daniel, c'était l'impression de tout contrôler. Il y puisait puissance et sécurité. Il arrachait tout ce qui poussait ailleurs. Il aurait bien voulu aimer Dieu. C'était Dieu qui ne s'était pas penché sur lui.

Or, dès le premier consentement, à la simple mention du désir de sa force, Satan s'était manifesté.

— Fais que ce soit le maître des novices qui m'invite.

Il était arrivé à l'hôtellerie de La Ferté un peu après la tentative d'assassinat du pape en 1981. Il avait aimé l'événement. Ce Polonais lui déplaisait. Il n'arrivait pas à le comprendre.

La France tombait dans les griffes de Mitterrand. Il détestait cet homme et ne l'en admirait que davantage. Il enviait le grand loup des villes. Soit, il ne ferait jamais le poids en politique, mais il se voyait bien, humble abbé de La Ferté, participant au redressement moral des Français. Mitterrand partirait et le balancier de l'Histoire donnerait le pouvoir à la droite. Quant au Polonais de Rome, il n'avait toujours pas pu en venir à bout. Il espérait un successeur plus prévisible. Ah! Qu'il aurait aimé Pie XII!

Il avait grimacé son plus beau sourire en entendant le père Gilbert. Le maître des novices lui confirmait que sa prière était exaucée.

— Voulez-vous tenter une expérience monastique avec nous?

Il aurait hurlé de désespoir en triomphant.

— Je n'osais pas, mais c'est mon plus cher désir.

Le courant passait bien avec le Père maître. L'ascète lui plaisait. On venait de le nommer au noviciat. C'était le seul moine dans la trentaine. Il avait rejoint la communauté après de longues études peu fréquentes chez les Trappistes.

Jean-Daniel se mettait à l'école du prochain Père abbé; il l'aurait juré sur le Diable.

Après six mois de postulat, Jean-Daniel reçut l'habit du novice sous l'œil bienveillant de dom Francis et le regard admiratif de quatre postulants plus vieux que lui.

Il buvait l'enseignement de père Gilbert. Il s'était tout de suite accroché à la règle qui excitait moins son supérieur. Après dix-huit mois, c'était vers lui que père Gilbert se tournait quand un autre novice demandait un éclaircissement sur le texte de saint Benoît. Frère Jean-Daniel récitait humblement le passage en français et n'y ajoutait le texte latin que sur demande expresse. Il s'agissait de bien mesurer ses effets. Il ne fallait surtout pas succomber à la vanité. Père Gilbert approuvait la discrétion de son disciple. Les deux dissimulateurs mentaient en toute mauvaise foi.

Toutefois, contrairement à père Gilbert, frère Jean-Daniel demeurait férocement chaste. Il aurait hurlé sous la torture avant de succomber à la chair. Il avait appris de sa mère à détester le sexe.

Le découvrant dans l'étable, en pleine séance de masturbation, elle avait vomi de dégoût; expulsant d'un seul jet tout le bon déjeuner du dimanche. Déjà terrorisé par sa maman depuis la toute petite enfance, Jean-Daniel subissait maintenant la castration. Le mépris, dans les yeux noirs de sa mère, tranchait son sexe. Il camouflait dans sa main un tout petit membre maculé d'acide gastrique et répétait : « Pardon, maman! Pardon! »

Alors, pour la seule fois de sa vie, elle eut un moment d'intimité avec lui.

— C'est une saleté, Jean-Daniel : une immense saloperie.
Mon fumier de père, ton grand-père, qui a fini par se pendre,
était mené par là. On y est toutes passées. Il a violé toutes
tes tantes. Quand je l'ai trouvé dans l'étable, j'ai tiré sur ses
jambes pour ajouter du poids. Qu'il crève ! J'étais encore
suspendue à lui quand ma plus grande sœur est arrivée.
Elle a réussi à me faire lâcher prise. On l'a regardé toutes
les deux.

Ma sœur aînée était aussi soulagée que moi.

— Enfin !
— Toi aussi ?
— Oui.

Sa mère était presque devenue tendre.

— J'avais toujours pensé être la seule qu'il obligeait à
faire ça. Chacune de mes sœurs avait la même impression.
La seule qui savait tout, c'était la mère. Ton sang est pourri,
Jean-Daniel. Ne te touche plus jamais. C'est une maladie.
Tu vas finir comme ton grand-père.

Jean-Daniel avait baissé la tête, ouvert la main et craché
sur son sexe avant de le faire disparaître dans sa culotte.
Dans le silence dominical, la mère et le fils étaient restés
face à face, aussi secs l'un que l'autre.

Frère Jean-Daniel éteint la lumière de son bureau et
s'abîme dans le noir pendant un long moment. Puis, il se
lève, sort et marche jusqu'au *scriptorium*.

Installé au bureau de frère Ouriel, il fouille dans ses
notes de cours avant d'éplucher le courrier du novice. Il en
a le droit ; le Père maître est tout-puissant. Mais il ne trouve

rien. Il n'est pas étonné. Il sait bien que le moinillon blond est totalement sincère. Il n'en est que plus dépité. Toujours cette même saloperie d'injustice : Ouriel a tout reçu et lui doit tout voler.

Puisque le fils de l'homme doit beaucoup souffrir, Jean-Daniel se dit qu'il va l'aider à porter sa croix. En fait, il fournira le bois, le marteau et les clous.

5

Dom Gilbert se réveille au milieu des perfusions qui l'empêchent de bouger. Il est tellement lourd qu'il n'arrive pas à relever la tête. Son ventre se contracte sans effort et expulse le sang. Le lit est chaud comme une matrice. Il entend quelqu'un qui vient. C'est l'infirmière de nuit.

Hélène est d'abord interdite. Le moine baigne dans son sang. Elle s'approche.

— Je vais appeler le docteur Lemire.

C'est le gastro-entérologue qui a reçu dom Gilbert. Il a fait une gastroscopie suivie d'une coloscopie : quelques corps pétéchiaux sur la paroi intestinale. Pas sûr que tant de sang puisse avoir déferlé par là. Il a laissé une note au dossier : en cas de saignement important, qu'on téléphone chez lui.

Dom Gilbert voit la peur dans les yeux d'Hélène. Un vent de panique monte. Il arrive à lever la main gauche et attrape celle de l'infirmière qu'il approche de sa tête. Il se soulève péniblement et sent la chair vivante de la femme.

— Je ne vais pas bien du tout.

Il est envahi d'un malaise vagal. Il va s'évanouir.

Hélène se penche, lui prend doucement la tête qu'elle appuie sur sa poitrine. Le contact des seins, à travers la blouse, attendrit dom Gilbert. Les yeux fermés, il arrive à se calmer. Il repose lentement la tête sur l'oreiller et regarde Hélène. La belle rousse lui sourit gentiment.

Il faut qu'un cœur soit ouvert ou fermé.

Depuis vingt-quatre heures, le cœur de Gilbert est ouvert. Il accueille la belle Hélène, voit sa bonté, sa beauté, sa générosité… Et se met à trembler.

Ce n'est plus l'abbé de La Ferté et l'infirmière Hélène Fourcault. C'est un homme et une femme.

— Merci. Vous pouvez appeler le docteur Lemire. Je vous attends ici.

Hélène sourit un peu plus. Le pauvre homme ne tiendrait pas debout. Elle acquiesce et disparaît.

Dom Gilbert constate qu'il va mourir. Il se sent maintenant bien, au centre de l'œuf. Il entend battre son cœur. Il sait que celui qui écoute les pulsations est là depuis bien avant ce pauvre corps et le regardera s'arrêter. C'est tout. Il n'en connaît pas davantage. Il lui semble avoir oublié quelque chose. C'est loin, très loin.

Hélène revient, munie d'un sac de sang et d'un appareil pour lire la tension artérielle.

Après avoir trouvé une bonne veine sur la main du religieux, elle entoure la poche de sang de la bande qui enserre le bras du patient quand elle vérifie la tension. Puis, elle comprime le liquide rouge pour qu'il passe le plus vite possible dans les artères du moine.

— Le docteur Lemire s'en vient.

Dom Gilbert acquiesce.

— Vous pouvez rester un moment?

— Je ne bouge pas.

Elle a posé la main sur son front blanc.

C'est ainsi que les découvre Jean-Pierre Lemire.

Il ne se relève pas souvent au milieu de la nuit pour foncer à l'hôpital, le docteur. Il ne le fait pas à cause du prestige de son patient; c'est son courage qu'il salue. À son arrivée, on a fait la gastroscopie et la coloscopie, sans anesthésie. Le moine n'a même pas manifesté d'impatience. Pourtant, quand on gonfle l'intestin comme un ballon, c'est assez douloureux. Le tube qui paralyse la gorge pour qu'on puisse y introduire la petite caméra en a conduit plusieurs au bord de la panique. Lui, le moine, aussitôt qu'il pouvait dire un mot, c'était pour remercier qu'on s'occupe aussi bien de lui. Ce que Jean-Pierre Lemire a le plus apprécié, c'est l'absence de mièvrerie ecclésiastique. Le religieux avait provoqué un vrai fou rire chez la technicienne de médecine interne quand, tout en expulsant l'air de son ventre, il lui avait demandé si elle assistait à son premier concert cistercien.

— Nous avons aussi du chant grégorien.

Cet athée généreux de Jean-Pierre Lemire aime l'homme et ne veut pas le perdre.

Il vient tout près de dom Gilbert.

— Nous allons procéder à une scintigraphie. Je veux m'assurer qu'aucune artère n'est sectionnée.

□ □ □

Dans l'ascenseur qui descend à la salle d'examen, dom Gilbert se tourne vers le médecin.

— Je ne sais pas si je vais remonter vivant.

Le docteur Lemire sourit. Lui aussi l'ignore.

6

Dom Gilbert a un peu froid. C'est tout. On s'active autour de lui. On lui injecte des liquides et l'on promène un grand scanneur sur son ventre. Il n'a plus peur. Il est étonné de ce détachement. Ce n'est pas de la résignation. Il accepte, voilà. C'est tout.

— Si je ne meurs pas, je reprends cette méditation. J'irai jusqu'au bout.

Il lui semble tenir quelque chose. Depuis un certain temps, il essaie d'activer des centres d'énergie dans son corps. Ce sont des roues tourbillonnantes, des lieux d'échange entre son énergie et celle de l'univers : ces chakras sont des connexions. Il en a identifié sept qui vont du fondement du tronc à la fontanelle au-dessus de la tête. Il a été surpris de constater que la progression des couleurs correspondait à celle de l'arc-en-ciel.

Le petit frère Ouriel dort mal. Il s'agite dans son sommeil.

Il plane au-dessus d'une montagne. La statue ouvre les bras et ne peut plus les refermer. Les pieds se perdent dans une flaque cramoisie.

Frère Ouriel ressent une impression de déjà-vu.

Il se pose sur l'homme pétrifié : bouche contre bouche, main sur main. Le cœur du statufié tremble plus qu'il ne bat. Frère Ouriel entre dans la statue et y branche son jeune cœur.

Quand dom Gilbert remonte de la salle d'examen, l'hémorragie a cessé.

Hélène Fourcault ne peut réprimer sa joie. Elle se surprend à tutoyer le moine.

— Je vous demande pardon. C'est nerveux.

— Non, surtout pas ! Va pour le tu à toi.

— Je suis en congé demain. Si c'est possible, je vais passer en fin d'après-midi avec mon fiancé. Je l'ai réveillé pour lui raconter ma nuit. Il aimerait bien te rencontrer.

Ce qu'Hélène ne dit pas, c'est que Bruno souffre d'insécurité. Même la présence d'un religieux auprès de son Hélène le rend nerveux. Il est comme un grand poulain fébrile. Elle doit souvent lui prescrire un calmant pour avoir la paix. Hélène aime bien jouer au docteur.

Dom Gilbert ressent un pincement ridicule en entendant parler du fiancé. Il en a si peu conscience qu'il acquiesce sincèrement.

Le lendemain midi, le Père abbé peut garder un peu de liquide. Il reçoit encore du plasma sanguin. On lui a recommandé de passer des tests dans trois mois. Depuis le scandale du sang contaminé, on craint moins les hépatites et le sida, mais on reste tout de même prudent.

Vers seize heures, dom Gilbert émerge d'une longue sieste. Dans son sommeil, il a souillé les draps.

— C'est sans doute cette lecture.

Il avait demandé à son infirmier ce qu'il était en train de lire.

— Oh! C'est pas vraiment pour vous. C'est un antidote au stress. C'est un peu trop ceci et pas assez cela pour vous intéresser.

— Je peux voir?

Stéphane avait présenté le livre de poche : *Un nœud dans la gorge*. Il tenait un petit bouquin écrit par la mère du jeune frère Ouriel.

— J'ai entendu parler de l'auteur, vous pourriez me le laisser un moment?

— Allez-y! J'ai toute la collection. Attention! Je ne suis pas responsable si ça vous choque.

Dom Gilbert avait ri comme un confesseur qui en a tellement entendu qu'il est à l'abri des surprises.

Ouf! Il avait plongé, sans défense, dans un bain de volupté. Il s'était endormi au milieu d'une scène torride et l'avait poursuivie dans son sommeil.

Il est donc un peu mal à l'aise quand Hélène se présente avec Bruno. Dom Gilbert est surpris par le gars. La queue-de-cheval s'écoute parler. Il est protestant, descendant des cathares, et n'aime pas les cathos. Oh! Ce n'est rien de personnel, que le Père abbé se rassure. Néanmoins, lors du massacre de Béziers pendant la guerre contre les albigeois, on avait assassiné tous les habitants. Pourtant, il s'y trouvait aussi des catholiques. Comme on ne pouvait les distinguer et qu'on se méfiait des dissimulateurs, on avait demandé à l'abbé de Cîteaux ce qu'il fallait faire.

— Dieu reconnaîtra les siens.

Il venait tranquillement de donner le signal du carnage.

Bruno raconte tout ça doucement, sans agressivité apparente.

Hélène tente de rattraper la conversation. Elle sert le thé pomme et cannelle qu'elle a préparé.

— On en boit beaucoup avec Bruno.

Dom Gilbert s'intéresse énormément à ce que lui raconte le grand bourrin. Il l'écoute d'autant plus que le gars l'ennuie magnifiquement. « Quel rasoir ! »

Le marrane rompu à la dissimulation sourit. S'il se concentre si bien sur le récit de Bruno, c'est que toute sa chair tend vers Hélène. L'odeur du parfum de la belle rouquine remonte. Un corps plus grand que le sien va poser la tête sur le ventre de l'infirmière.

— Oui, vous avez raison. La pauvreté de l'Église est bien grande.

Il revoit le Vatican.

— Je parle au sens moral, bien sûr.

— Alors, qu'est-ce qui fait qu'on accepte de cautionner tout ça ?

Bruno tient le papiste. Il se tourne vers Hélène pour recevoir la couronne de laurier.

— On ne quitte pas les gens parce qu'ils sont pauvres.

Cette grande gueule de curé aura toujours le dernier mot. Bruno se juge trop bon pour le détester, mais il ne peut pas le sentir. Voilà.

La visite a été brève et dom Gilbert en est reconnaissant à Hélène. Pas une fois, elle ne s'est adressée directement à lui. Elle a évité d'avoir à le tutoyer devant son mec. Cela plaît à dom Gilbert. Il rit de sa vanité. Non, il ne se laissera pas embarquer dans une histoire d'amour. Il voit trop bien le piège.

Un peu avant le dîner, Stéphane repasse.

— J'ai un petit ennui.

— Que puis-je pour vous, mon Père ?

— Ce sont mes draps.

Le petit costaud pouffe de rire.

— Pardon, mon père. C'est le bouquin. Ça produit le même effet sur ma pomme. Sauf que moi, je vous le dis en toute simplicité, c'est pour ça que je les collectionne.

La belle santé du garçon émeut dom Gilbert. Il se laisse soulever, manœuvrer pendant que Stéphane le lave.

— Voilà !

Sous les yeux rieurs de l'infirmier, il repose, propre et léger, dans des draps frais.

— Vous, comme curé, vous me bottez. On aurait presque envie d'aller à la messe. Attention ! Je dis bien « presque ».

— Reprenez tout de même le bouquin.

— Oui, bien sûr.

Stéphane a peur d'être allé trop loin. Le sourire du moine le rassure.

— Venez à La Ferté un de ces jours. Je suis toujours surpris qu'on puisse passer toute sa vie à Dijon sans s'offrir au moins un petit séjour chez nous. Vous verrez que c'est pas mal.

L'infirmier se promet bien de profiter de l'invitation.

En quittant l'hôpital après son service, il l'a déjà oubliée. Il vit comme tout le monde, Stéphane. Il court, il court. Il ne va nulle part.

7

Frère Jean-Daniel a les yeux fixés sur la stalle vide. C'est la première fois que frère Ouriel est absent des vigiles.

Après l'office, chaque moine se retire dans son refuge secret pour l'oraison. Frère Jean-Daniel remonte à l'étage des cellules. Il frappe à la porte vingt et, sans attendre de réponse, pénètre dans la pièce dénudée. Un banc, une table, un lit et un meuble de chevet suffisent à chaque cistercien.

Frère Ouriel repose, à demi couché, appuyé à la tête du lit. Il est blanc comme son chapelet.

— Je crois bien que je me suis évanoui en voulant me lever.

Frère Jean-Daniel sent tout son poil se hérisser. Le garçon semble tellement inoffensif, démuni et fragile. Pourtant, frère Jean-Daniel sait que le petit crétin est invulnérable. Il déteste d'autant plus le novice qu'il se sait démasqué. Le jeune imbécile jouit de la claire vision, c'est manifeste. « Il a dû commencer à prier pour moi », se dit le moine.

Frère Jean-Daniel aurait envie de lui hurler de se mêler de ses oignons. Mais le Normand n'a pas à s'énerver. Il détient le pouvoir : le pouvoir absolu.

Frère Ouriel, couché sur les fagots, regarde le couteau qui va s'abattre.

Le Père maître va se débarrasser de ce garçon le plus tôt possible. Ce con de Suisse est dangereux. La victime consentante domine le bourreau. Frère Jean-Daniel ne veut pas de saint au noviciat. Il dirige une armée et forme des soldats. Ils sont bien, là, entre eux, derrière la clôture. On se fiche la paix et chacun fait sa vie. C'est ainsi que père Gilbert l'a intégré à la communauté. Il poursuit dans la même veine.

Le prochain abbé de La Ferté, protégé par sa coule blanche, s'approche encore un peu du malade qui murmure. «Dom Gilbert est sauvé.»

Frère Jean-Daniel se laisse tomber sur le petit banc.

Le couteau s'abat dans la gorge du garçon, lui fend le sternum, puis descend tournoyer dans le ventre abhorré.

Le même sentiment d'impuissance déjà ressenti à la Faculté de droit remonte. Il ne fait pas le poids. Il sait que ce crétin béni a raison. Cet heureux demeuré a guéri dom Gilbert. L'injustice l'étrangle. «Pourquoi lui?»

Il est enfermé vivant dans un cercueil, frère Jean-Daniel. Il a beau s'agiter en hurlant, il n'y peut rien. Il sera irrémédiablement médiocre et s'écrasera au fond de la poubelle en ratant son dernier souffle.

Il aurait tellement aimé hurler «crucifiez-le» avec les autres. Il possède une seule des qualités divines : la cruauté.

Il entend le silence dans la cellule et ouvre les yeux. Frère Ouriel repose. Le chapelet prie.

— C'est toi?

Le novice acquiesce sans ouvrir les yeux. Il se livre au bourreau.

— C'est pour ça que tu es si faible ?

— Oui.

Ouriel comprend pourquoi Jésus se retirait dans la solitude pour prier après un miracle.

— C'est comme après la multiplication des pains ?

La question du Père maître confirme qu'ils ont la même idée.

— Je crois.

— Il est inutile d'appeler le docteur Petit, n'est-ce pas ?

— Oui.

— Rendors-toi jusqu'à laudes.

— Surtout, frère Jean-Daniel, n'en parle pas.

Son supérieur le giflerait : les mêmes mots que l'Autre. Frère Jean-Daniel ne connaît qu'une seule véritable injustice. C'est Dieu le responsable. C'est Lui qui a créé le mauvais larron. Puisqu'il en faut un, il renouvelle le contrat. Il allonge même la foulée pour courir à sa perte. Il se lance du haut du ciel pour se fracasser sur la terre. Mais pendant la descente, il veut s'enivrer de vitesse, sans précipitation. Oui, avant d'achever le gamin sur le bois, il va le flageller, lui cracher à la face, le couronner d'épines et le clouer lentement.

Frère Jean-Daniel a maintenant un plan. Non, il ne renverra pas le novice dans le monde. Il va lui amener du monde.

Le jeune homme ne peut pas quitter sa cellule avant midi. Il coule dans le sommeil pendant quelques minutes, remonte à la surface un court moment puis replonge, le chapelet toujours accroché à la main.

C'est samedi matin, jour de démoulage à la fromagerie. Il voudrait bien s'y rendre. Ouriel Thiercy sent comme il aime cette vie. Ces activités simples et tout ce temps consacré à l'étude et à la prière lui plaisent. Quant aux frères, il suffit d'être discret. Ne pas se distinguer, voilà la règle d'or.

Au noviciat, il s'est découvert un ami. Frère Marc a cinquante-cinq ans. C'est un enseignant à la retraite. Chez les Cisterciens, on a toujours reçu des hommes de cet âge. Si le candidat réussit à vivre au rythme de la communauté, on ne se préoccupe pas de l'année de sa naissance.

Ouriel croit qu'il pourra compter sur frère Marc.

Les novices sont revenus de la fromagerie vers dix heures trente. À onze heures quinze, ils se réunissent dans la salle de cours. Frère Jean-Daniel les rassure sur l'état de santé du Père abbé. On a reçu des nouvelles un peu plus tôt : il est sauvé. On poursuivra les examens pour tenter de comprendre ce qui s'est passé. L'hémorragie a pris fin pendant la nuit.

— Comme vous pouvez le constater, frère Ouriel repose dans sa cellule. Il a été victime d'un malaise au réveil.

Personne n'ose demander ce qu'a frère Ouriel. C'est la discrétion monastique. Frère Jean-Daniel leur entrouvre la porte.

— Le Seigneur aime beaucoup notre frère. Ouriel a d'autant besoin de notre prière à tous.

— Il est sérieusement malade ?

C'est frère Marc qui ne peut cacher son inquiétude. Pendant toutes ces années comme éducateur, il a rencontré quelques jeunes comme ce petit frère Ouriel. Il les a toujours protégés. Il a vu l'agneau et il attend le loup.

— C'est ça, la vie communautaire. Un novice se retrouve au lit et, en même temps, Père abbé guérit. Quand un frère tombe, un autre se relève. On pourrait presque parler de vases communicants.

Frère Jean-Daniel embrasserait frère Elvis. La fille manquée du noviciat ne peut s'empêcher de tout commenter.

— C'est peut-être encore plus vrai que tu ne l'imagines.

Il vient d'aiguillonner la curiosité du Maghrébin de Nanterre.

Les longues mains fines de frère Elvis battent l'air, papillonnent et viennent se poser sur sa gorge.

— Y aurait-il, par hasard, un lien entre la guérison de dom Gilbert et le malaise de frère Ouriel?

— Qu'est-ce que le hasard?

Frère Jean-Daniel a lancé la question. Puis il a inspiré, bouche ouverte, en laissant retomber le bout des doigts sur la table.

Frère Marc n'aime pas le silence qui s'installe.

Les novices attendent la suite.

Frère Jean-Daniel promène sur eux un regard qui en dit long.

— Voilà.

Il ne dira rien de plus. Tous l'ont compris. D'ailleurs, il a tout dit.

Frère Marc ne regarde personne. Il a *monastiquement* baissé les yeux sur le *Coutumier du noviciat* dont on poursuit aujourd'hui l'étude. L'indiscrétion commise par le

Père maître l'inquiète. Son supérieur vient de singulariser frère Ouriel d'une manière dangereuse. Il a bel et bien laissé entendre que frère Ouriel était pour quelque chose dans la guérison du Père abbé. Frère Marc a pu voir le pli d'amertume fielleuse qui tordait les lèvres pulpeuses de frère Elvis. La croix du garçon, c'était l'envie. Elle pouvait se révéler très méchante, frère Elvis : une véritable enfant d'hyène. Pourquoi frère Jean-Daniel l'avait-il lancé sur une proie blessée ?

À midi trente, frère Ouriel descend le grand escalier en direction de l'église, pour sexte. Le cours de frère Jean-Daniel est terminé depuis cinq minutes. Le groupe de novices voit passer le malade. Frère Ouriel a croisé le regard de frère Elvis. Il a vu. Frère Jean-Daniel a parlé, bien sûr. La seule consolation disponible lui a échappé. Frère Marc observe ce qui se passe ; il perçoit la détresse dans les yeux du gamin. Il la connaît si bien !

Frère Marc a deux enfants dans la vingtaine. Ils sont dans le Gers. Sa fille s'est mariée à dix-neuf ans. Son mari a quinze ans de plus. Ils font du maïs. Elle est tellement solide, sa Maryse. Quant à son Maurice, il est comptable chez un gros distributeur de foie gras. Maurice est un jeune homme secret, responsable et costaud. Il passe son temps libre à jouer au rugby. C'est le meilleur demi du pays. Le rougeaud mange bien, boit bien et fait des ravages depuis Condom, Mirande, Mont-de-Marsan, Pau, Tarbes jusqu'à Toulouse.

Leur mère est montée à Paris très tôt. Elle savait pouvoir compter sur le Marco pour les gosses. Il avait la vocation pour ça, lui : un prof ! Stéphanie voulait vivre seule et faire du théâtre. Elle est maintenant remariée à un riche ébéniste du faubourg Saint-Antoine et dirige une galerie branchée, tout près de la Bastille.

Marc est sagement resté à Aire-sur-l'Adour avec les gamins et il a assuré. Quelques lycéennes lui ont donné du mal, mais en gros il a plutôt bien géré ses envies. Il a franchi les limites de la légalité deux ou trois fois, heureusement sans conséquence. Pas facile de résister à une adolescente qui se pend à ton cou. À la mi-quarantaine, il a fait un peu d'angine. Les premières angoisses passées, Marc a essayé de corriger ce qui pouvait l'être. Il est devenu végétarien et s'est mis au yoga. Son Maurice n'en revenait pas.

— Mais c'est pas gras, le confit. C'est dans le département qu'on a le moins de cardiaques, hé con! Putain! C'est que j'ai la honte, moi, de ta salade aux haricots.

Marc riait, Maurice aussi. Son fils lui remplissait son verre de madiran.

— C'est à cause de l'armagnac, papa.

— Maurice, j'en bois pas!

— C'est bien ce que je dis : tu te nourris mal.

Ils menaient une bonne vie, tous les trois.

Quand, à seize ans, Maryse s'était présentée avec son mec de trente ans, Marc avait été rassuré. Elle était tellement mûre pour son âge qu'il se demandait comment un pauvre jeune gars pourrait faire le poids. Ils auraient tous la trouille. C'était tout vu.

Oui, on peut avoir une vie sans histoire et il y a des gens heureux.

Les enfants de Marc faisaient partie de ces élus.

Quand leur père s'était mis à fréquenter l'église, ils avaient eu besoin d'explications. Lui, le libre-penseur qui ne les avait même pas fait baptiser, allait maintenant à la messe.

— C'est mon enfance qui remonte. J'ai été élevé là-dedans. Pendant toute ma jeunesse et jusqu'à dix-huit ans, j'allais à la messe, à la confesse. Je priais, je communiais et je sentais un truc pendant l'action de grâce.

— Putain con, papa! Pourquoi t'as arrêté, si c'était comme ça?

— Parce que les curés étaient trop bêtes! Je pouvais pas résister à la tentation, moi: «Œuvre de chair en mariage seulement», qu'ils disaient.

— Bonjour, les œillères, con!

— Le drame, c'est que je les croyais et que j'essayais tant que je le pouvais. Mais rien à faire, la nature triomphait. Ils me parlaient de la nature et de la grâce. Je comprenais rien. Des rumeurs circulaient sur certains prêtres, à Bordeaux. On disait que ça se passait avec des enfants de chœur. Bon! J'ai été dégoûté. Je les ai laissés se noyer dans leur calice d'hypocrisie. Puis, j'ai rencontré votre mère et dès le premier soir… le bébé! On s'est donc mariés en tout bien tout honneur aux vendanges. Mais dans la nuit de Noël, Stéphanie perdait l'enfant. On s'est regardés comme deux tarés, se demandant ce qu'on faisait ensemble. Mais quand t'étais marié… t'étais marié, voilà. Moi, cette fausse couche, ça m'a révolté. L'histoire était trop bête. J'ai dit oui à l'absurdité. Et j'ai dit oui la tête haute. J'ai choisi de vivre dans l'ignorance avec dignité. Depuis que j'avais lu *La Dernière Classe,* d'Alphonse Daudet, je voulais enseigner. Je réaliserais mon rêve: je resterais dans le Gers et j'élèverais une famille. Pas besoin de religion, de curé et de bon Dieu pour ça. Mais quand j'attaquais mon troisième armagnac, il m'arrivait de radoter sur l'absolu. Les copains se marraient. Puis, vous êtes arrivés tous les deux, Stéphanie est partie, les années sont tombées l'une sur l'autre… «Et nous voilà, ce soir», comme le chante Jacques Brel.

— Si ça te fait du bien d'aller à l'église, papa, vas-y, hé !

Maryse a toujours été sage.

Marc y a pris de plus en plus de plaisir. Il s'est plongé dans la Bible. Après le Pentateuque, il a découvert la richesse du Livre de Job et celle des Proverbes. Il fustigeait l'Église de si mal préparer ses prêtres. Il comprenait que les églises se vident : il ne s'y passait rien. Chaque dimanche, il allait dans une paroisse différente, à la recherche d'un peu de substance.

Il avait approché des groupes laïques de prière, mais les membres le déprimaient. C'était un ramassis de timorés, de mièvres et de bigots.

Marc avait eu peur de la mort en la sentant si proche. Il voulait comprendre pendant qu'il était temps. Un vrai sentiment d'urgence le pressait. Il cherchait, quelque part, quelqu'un d'aussi inquiet que lui. L'absurdité ne lui suffisait plus. Il avait donné ses meilleures années à ses deux enfants et à ses étudiants, Marc. Sans bien s'en rendre compte, il s'était ouvert le cœur. Quelqu'un habitait maintenant là. Il parlait à Marc. Il se manifestait par des cris inexprimables. Marc n'entendait pas distinctement. Il ressentait l'urgence. C'était tout et assez.

Un jour, dans le TGV Tarbes-Bordeaux-Paris, il rencontra un vigneron bordelais à la retraite. Jean-Paul montait à la capitale pour le Salon de l'agriculture. Le fils avait repris l'exploitation et le père se rendait une dernière fois à Paris pour aider son héritier à rentabiliser le kiosque. Il voyageait avec un Canadien, mais Olivier voulait qu'on l'appelle le Québécois. Les deux hommes vivaient en Charente-Maritime, sur l'île d'Aix. Le Québécois tutoyait tout le monde. Pourtant, l'homme restait poli, civil et courtois. Il profitait d'un vrai don de communicateur. Cet Olivier aimait tellement son île qu'il donnait envie de s'y rendre. Le Québécois parla de la petite église où quelques vieux se rencontraient chaque dimanche pour célébrer une messe sans curé.

— Ah! L'idée me plaît plutôt. Il doit se dire moins de bêtises.

Marc n'avait pas pu résister et Olivier ne l'avait pas contredit.

— Oh! Nous en avons tout de même un qui vient chaque mois perpétuer la tradition.

Le vigneron était, pour le moins, sceptique.

— Moi, je ne comprends pas ce qu'il va faire là-bas avec ces pauvres vieux. Mais bon!

Non, Jean-Paul n'était pas impressionné par le reste de communauté catholique. De l'extérieur, le Bordelais n'en voyait que les divisions et les pauvres chicanes. Il fallait en être pour sentir que le besoin de prier était aussi réel que la mesquinerie.

Mais Olivier ne lâchait pas.

— Et puis, c'est un ancien monastère, cette église. Au neuvième siècle, toute l'île n'était habitée que par des moines. Ils y cultivaient la vigne.

Jean-Paul se marrait.

— Ça, déjà, les moines, c'est pas complètement mauvais. On peut pas inventer la bénédictine et la chartreuse sans avoir un bon fond.

Quelque chose attira Marc quand Olivier renchérit.

— Je sens une sorte de mystère dans cette église. Je ne peux pas expliquer pourquoi ni même quoi, mais il y a une force dans ces murs-là. Et puis, c'est une énergie que je connaissais déjà chez nous, à la trappe d'Oka.

Olivier avait raconté ce qu'il connaissait de l'abbaye cistercienne d'Oka.

En rentrant, le professeur s'était renseigné. Des cisterciens vivaient à moins de deux heures de sa maison. La curiosité le poussant, il appela en Haute-Garonne, à Sainte-Marie-du-Désert.

Une véritable histoire d'amour s'engagea entre Marc et les cisterciens. Après un premier week-end de retraite, il se plongea dans l'histoire de l'Ordre. L'envie de connaître le lieu où tout cela avait commencé le conduisit à La Ferté, la première fondation de Cîteaux.

Autant l'église de Sainte-Marie-du-Désert est sombre, autant celle de La Ferté est lumineuse. Marc avait pu réserver une chambre pour la semaine sainte de 1998.

Après une semaine, le Gersois repartait, décidé. Il reviendrait vivre là. Il ne lui restait qu'à liquider ses biens. Il avait fallu un peu plus de deux ans pour que tout soit en ordre. Puis, en avril 2000, il arrivait à La Ferté, sans bagages : les mains nues et le cœur libre.

Pendant les premiers mois du postulat, il traversa une sévère zone de turbulences. Il laissa passer l'orage. Il aurait préféré mourir sur place que de repartir. Il sentait d'instinct qu'on ne se remettait pas de ce genre d'appel.

À la prise d'habit, au septième mois, il était sorti de la crise. Il devenait un grand frère au noviciat et le rôle lui plaisait.

Il soupçonne depuis le début que quelque chose cloche chez le Père maître. L'indiscrétion de ce matin confirme son intuition. Pourra-t-il protéger le jeune Vaudois?

Contrôler frère Elvis ne sera pas facile, mais contourner le pouvoir absolu du maître des novices exigera bien davantage; trop, peut-être? Non, la vie monastique ne sera pas la plage ensoleillée que Marc avait imaginée.

Pourtant, l'ascension vers Dieu conduit sur un sentier escarpé, au bord du précipice; on ne regarde plus en bas. Si on s'éloigne, on se retrouve sur un chemin plat à se demander si on n'a pas rêvé tout ça. Pour le Gersois, il n'en est plus question.

Marc entre dans l'église, plonge les doigts dans l'eau bénite, se signe et va s'agenouiller dans sa stalle. Son jeune voisin monte en prière. Marc se sent inondé par la grâce. Oui, le monastère est bien la plage ensoleillée qu'il avait cru percevoir. Le soleil est tout à côté. Il est un peu frêle et blond. Il parle en chantant les finales. Marc sait humblement qu'il faut protéger Ouriel. Mais le Gersois ne tentera pas de défendre un gamin; si possible, il va veiller sur un maître habité par la grâce.

8

— Ma pauvre petite science est encore une fois dépassée.

Le docteur Jean-Pierre Lemire sourit.

À ses côtés, Charles Petit ne dit rien. La France a besoin autant de bons généralistes que de spécialistes, mais pour la médecine de pointe, le médecin du monastère sait qu'il ne fait pas le poids.

— Résumons-nous. Je perds mon sang, on ignore pourquoi. Je cesse de me vider, on ne comprend pas davantage.

Dom Gilbert se tourne vers le spécialiste.

— Pour l'hémorragie, nous avons une piste. À la coloscopie, on a observé quelques pétéchies sur votre intestin. Il est possible que le sang se soit engouffré par là. Le vrai mystère, c'est votre guérison. Là, rien. Je ne peux même pas vous offrir l'esquisse d'une théorie.

— J'ai demandé au docteur Lemire de vous garder quelques jours.

— Oui, ce qui s'arrête sans raison peut reprendre pour le même motif.

Dom Gilbert vient de conclure en souriant à Charles Petit. Pour que les médecins le laissent seul, il leur interprète la grande scène du convalescent épuisé. En fermant paisiblement les yeux, il leur donne le signal du départ. Les deux hommes se retirent après lui avoir confirmé que le repos demeurait encore la meilleure médication.

Le moine ne dort pas. Il attend. Il l'attend, elle.

Il ne veut pas résister à cet attrait. Gilbert Fortin, ce handicapé émotif, se sent comme un paraplégique qui se lève de son fauteuil roulant pour valser.

La torture n'a pas duré cinq minutes. Hélène Fourcault replace ses oreillers, vérifie l'écoulement du soluté et, entre deux phrases, n'arrête pas de rire.

Dom Gilbert flotte un peu sur le lit. Il ne savait pas qu'on pouvait être aussi bien sans un livre, à ne rien faire qu'écouter quelqu'un parler pour ne rien dire. Il a été surpris la garde basse, Gilbert Fortin. Il ne connaissait pas la maladie. Il n'a même pas songé à se méfier. Il s'est retrouvé vulnérable et inconscient de l'être. Lentement, il commence à comprendre. Ce rêve érotique de la veille n'est pas le *fruit de la tentation*, c'est le signe : l'heure de la libération a sonné. Gilbert va vers la vie et une femme s'avance.

On vient de le plonger en pleine révolution. En quarante-huit heures, tout a changé. D'abord, il croit maintenant en Dieu. Son Dieu n'est pas le Dieu de la nuance : la foi et l'amour en deux jours ! Le moine comprend qu'Il ait créé le monde en six jours ! C'est énormément fou, mais il L'a rencontré. Non seulement Dieu a frappé ; Il a arraché la porte. Gilbert ne connaît toujours pas Dieu, mais il sait qu'Il existe. Gilbert n'est pas schizophrène et, cependant, il L'a entendu. Il pense à Jeanne d'Arc et à dom Camillo. La grande gueule de Fernandel lui plaisait tant. Il était tellement plus beau que beau.

Il a saisi le plan. Depuis le début, le petit Gilbert a été protégé : pas de famille pour l'attacher, pas de pays pour le sédentariser, pas de morale pour le sécuriser, pas d'ambition pour le berner. Gilbert n'a toujours eu qu'une envie : apprendre. Une soif de buvard le jette sur tout ce qui s'écrit. Gilbert carbure à la synapse. Chaque nouveau contact de neurones l'aide à mieux respirer.

Depuis trois jours, Gilbert voit différemment. Par les yeux entre les oreilles, Gilbert, en se penchant un peu, entre en relation avec la tête du cobra, dans le bas-ventre. Gilbert sent qu'il pourrait aller encore plus loin. Il reste à passer à une vitesse supérieure à la lumière. Il faut défoncer le mur du soi. Le serpent Kundalini ne bouge pas, mais désormais Gilbert le connaît. Il sera toujours là. Allongés sur le lit, l'ophidien et l'homme regardent la femme. Gilbert ne sait pas qu'il pleure, mais des larmes roulent sous les doigts d'Hélène.

— Tu es un bien drôle de moine.

Hélène ne se débat même plus. Le fou qu'elle a toujours souhaité l'embrasc. Le pauvre Bruno l'exaspère déjà. Sa mièvrerie, sa ridicule façon de l'appeler « choupette » la hérisse de l'orteil au sourcil. Comment a-t-elle pu accepter pareil compromis ?

Maintenant, elle est encore plus conne : se laisser tomber amoureuse de l'abbé de La Ferté ! Pourtant ! Merde ! Elle dit oui. Les seize ans qui les séparent ne l'effraient pas. Le fait qu'il soit curé ne la gêne pas davantage. Fille de communistes, Hélène a hérité de l'anticléricalisme un peu incohérent de ses parents. Ils déblatèrent sur les soutanes, mais ont fait baptiser Hélène. Il ne faut surtout pas essayer de comprendre.

— Je ne sais pas ce qui se passe.

Dom Gilbert a senti ses propres larmes en touchant la main d'Hélène posée sur son visage.

— Pour l'instant, c'est peut-être aussi bien de ne pas trop essayer d'y voir clair. On va te sortir de là, mon petit moine.

Elle l'aurait juré, Hélène. Ce qu'elle sent est trop fort pour ne pas être partagé.

Pendant trois jours, dom Gilbert voit sa vie résumée à deux activités : il dort et il parle avec Hélène.

Avant elle, la conversation l'a toujours épuisé. Maintenant, il ne s'en lasse pas. Elle part vers un autre malade et, aussitôt, il l'attend. Pour la première fois de sa vie, il a parlé de l'orphelinat. Il a envie de revoir Montréal, d'entendre l'accent de son enfance. Que sont devenus tous ces gamins abandonnés comme lui dans le grand dortoir ? En tant qu'abbé de La Ferté, il aurait pu justifier un déplacement au Canada pour visiter quelque monastère trappiste. Il avait vu défiler l'abbé d'Oka et celui de Mistassini sans dévoiler ses origines. Son prédécesseur dom Francis et son ancien Père maître étaient seuls à connaître le passé de Gilbert Fortin. Jamais les deux hommes n'auraient commis une indiscrétion. Dom Gilbert était fils unique, orphelin de père et de mère ; cela suffisait.

En regardant Hélène, dom Gilbert sent naître en lui un mouvement qu'il n'a vaguement perçu qu'une fois dans sa vie, avec sœur Julie : il voulait aller vers elle.

Pourtant, il se sent aussi habité d'un autre désir, tout aussi fort. Cette méditation qu'il a abandonnée, cette méditation qui lui faisait encore peur la semaine dernière, cette méditation s'impose.

En désirant le contact inconnu avec cette femme, il s'empêche de partir dans ce voyage intérieur, nébuleusement perçu, auquel l'invite cette méditation.

En escaladant ses chakras sur le fil de sa respiration, dans le tunnel ouvert par Kundalini, il abandonnera la femme qui lui ouvre le cœur. Dom Gilbert se revoit, à genoux devant l'autel de l'infirmerie, en conversation avec le Tabernacle, juste avant de perdre le contrôle de sa vie.

Dom Gilbert ne sait tellement plus rien de rien !

Tant qu'Hélène habite le même espace que lui, dom Gilbert s'abandonne au charme. Quand elle le quitte, il sent une absence à son côté et un mystère au-dessus de sa tête.

On dirait que, pendant des siècles, il ne s'est rien passé et que, maintenant, il lui suffirait de monter jusque-là.

— C'est trop de café pour un seul homme.

Il appelle au monastère et demande au père Francis de venir le voir. Son ancien abbé, maintenant octogénaire, est revenu à La Ferté après quelques années passées à la maison mère, à Rome. Il fait office de portier et répond parfois au téléphone.

□ □ □

— J'ai toujours su que vous n'aviez pas la foi.

Dom Francis est assis à la tête du lit de son successeur. Il a écouté parler son préféré pendant plus d'une heure. Pour la première fois de sa vie d'homme, Gilbert Fortin s'est confessé. Il s'est vraiment confessé, reconnaissant avoir péché, avoir raté la cible qui s'appelle Dieu. En grec, on dit *Hamartia* pour péché. Et c'est ce que cela signifie : viser à côté. Il l'avait enseigné au noviciat. Maintenant, il le sait. Il voit que, toute sa vie, il a eu peur. Ce qu'on appelle le péché, c'est la peur.

Il plonge dans les yeux de père Francis. Le visage ascétique de l'ancien abbé brille doucement.

— Pourquoi m'avez-vous accepté à La Ferté ? nommé au noviciat ? laissé devenir abbé ?

— J'ai dit que vous ne croyiez pas en Dieu. Pas que Dieu ne croyait pas en vous. Les destins exceptionnels ne peuvent pas être simples, comme le dirait La Palice… ou plutôt ses soldats, pour être juste. Ce sont eux qui ont écrit : *Un quart d'heure avant sa mort, il était encore en vie.* Je ne vais pas persécuter le pauvre capitaine avec les ignorants. Dieu ait leurs âmes.

Toute sa vie, le père Francis a succombé à la digression. Dom Gilbert admire qu'il ne perde jamais le fil, à plus de quatre-vingts ans.

— Pouvez-vous accepter de laisser cette Hélène derrière vous et de rentrer au monastère ?

— Je ne sais pas.

— Le voulez-vous ?

— Je ne sais pas.

— Alors, comment voulez-vous que je le sache ?

Un des grands plaisirs de la vie monastique, c'est le silence partagé.

Les deux religieux se laissent porter.

Dom Gilbert ne pense pas ; il s'écoute vivre. Il sent le cœur qui bat, le sang qui circule, la chaleur qui se propage, les muscles qui se nourrissent.

— Je rentre dans mon corps. Avant ces derniers jours, c'était toujours ma tête qui observait la chair. Désormais, ça va dans les deux sens. Mon ventre aussi me voit penser. Depuis toujours, il m'a suffi d'accorder cinq minutes par jour au bas-ventre pour être dégagé. Je ne peux plus. Il n'accepte plus d'être traité en inférieur, comme un animal auquel on jette un pauvre os. Je crois que mon sexe a des choses à m'apprendre. Il veut me conduire vers une femme, m'amener plus loin que moi.

— Vous êtes enfin libre, mon cher Gilbert. Il vous faut choisir entre deux envies.

— C'est juste. Il me semble aussi approcher de quelque chose d'énorme avec cette méditation que je découvre. Je devrais parler d'une méditation qui se découvre à moi. C'est peut-être gnostique. Il se peut aussi que je sois face à une révélation, à un mystère qui se dévoile, au sens de la vie qui s'ouvre. J'ai peut-être accès à l'accomplissement. Pour ça, il faut choisir et accepter de mourir avant de mourir. Pourquoi cela m'arrive-t-il au moment où je rencontre une autre vie, bien réelle, une vraie femme qui m'appelle à sortir enfin de ce pauvre moi si petit ?

— Ça ne peut pas arriver autrement, mon cher enfant. Grâce à ce choix véritable, vous êtes libre. Ce qui est magnifique.

— Je ne sens pas ce que vous dites. J'ai l'impression d'avoir à choisir entre deux pertes.

— Il s'agit de transformer votre perte en don. N'essayez pas de prendre. Donnez-vous entièrement. Soit à cet engagement que vous avez pris avec nous dans la vingtaine, soit à l'amour de cette femme qui vous arrache à vous-même. Il n'y a pas de second choix ; ou, alors, c'est qu'il n'y en avait pas. Le Seigneur vous aime beaucoup, Gilbert. Juste au moment où vous en aviez besoin, Il vous donne la foi. Oui, la foi est une grâce. Pourquoi vous ? Pourquoi moi ? Pourquoi pas l'autre ? Les dominos japonais de pourquoi peuvent bien s'imaginer démontrer l'absurdité ; il suffit d'un geste d'amour pour tout remettre en place. Vous voici aux portes de l'amour, mon frère Gilbert. Puisque vous pouvez maintenant prier, abandonnez-vous. Remettez-vous au pouvoir de votre cœur. Il est tellement large qu'on n'en voit que la moitié. C'est ce que chantait le Belge, ce Jacques Brel, mort de peine. Si c'est vrai du cœur de chacun, ce l'est tout autant du cœur du monde. Plongez dans le cœur de Dieu.

9

Après le départ de son abbé, dom Gilbert repose, détendu, vulnérable et confiant. Oui, le père Francis a raison. Dom Gilbert est maintenant si riche qu'il va enfin donner. Les yeux fermés, il sent que quelque chose va se passer : que Ça vient. Ce sont d'abord deux charbons rouges qui s'allument : les yeux de Kundalini. Puis, le cœur du serpent bat sous le nombril ; un soleil orange monte pour éclater dans l'or du plexus. Il poursuit son ascension derrière une colline verdoyante. Éclairé de dos, un crucifié, les poignets cloués aux clavicules de dom Gilbert, presse sur son sternum. Le moine n'arrive plus à respirer. Il est tétanisé sur son lit d'hôpital. Il n'a plus conscience que de sa peur.

— Non !

Dom Gilbert ouvre les yeux. Il entend quelqu'un qui vient. Le sourire de Stéphane le surprend.

— Je n'ai pas crié ?

— Pas du tout. Je passais m'offrir le plaisir de regarder dormir un malade qui ne râle jamais. C'est une espèce bien rare, vous savez. Vous allez mieux, mon père ?

— Oui, je n'ai pas l'habitude de passer tout ce temps dans un lit, c'est tout.

— Bien, je crois que votre calvaire achève. On vous enlève le soluté demain. Quand vous aurez avalé un bon repas, vous pourrez vous lever et vous laver tout seul, comme un grand.

Il repart en riant.

Le moine referme les yeux. Sa respiration ralentit. Il passe de l'autre côté. Dom Gilbert est à Gethsémani, au mont des Oliviers. Il voit le Nazaréen qui se tord de peur ; il est pris d'une telle trouille que le sang lui sort par la peau. Ébaubi, dom Gilbert se reconnaît. La même chose lui est arrivée. Le sang a jailli de son corps sans blessure. Il assiste, muet, à l'agonie du Juif honni. Il le voit écroulé. Il l'entend.

— Abba, Père, à Toi tout est possible, écarte de moi cette coupe. Pourtant, non pas ce que je veux, mais ce que tu veux.

Le Fils se lève, revient vers trois hommes endormis. Devant eux, il est encore plus seul. Il leur parle. Ils l'entendent, l'écoutent et ne comprennent rien. L'œil hagard, ils titubent au bord du sommeil. Il repart.

Stupéfait, dom Gilbert constate l'évidence : l'homme en prière semble moins isolé qu'en présence des trois autres. Le Galiléen reprend les mêmes mots qu'avant. Il ne perd plus son sang. Il retourne vers les autres. Ils ont de nouveau sombré dans le sommeil.

Ça suffit ! Dom Gilbert a compris. Il ne veut pas. Pas de ça ! Il ne passera pas par là.

— Je mourrai quand je mourrai, mais je ne le choisirai pas. C'est le temps de vivre, merde ! Il fallait se taper Marie-Madeleine ou son disciple préféré ; peu importe. Oui, je sais que je dis une connerie ; je l'assume et je le revendique. J'ai peur ! Oui, je le reconnais : j'ai une super méga trouille d'enfer.

Il entend des voix. Ce sont des soldats qui essaient de le retenir. Gilbert lâche le drap qui lui recouvrait le corps et s'enfuit tout nu.

Puis, il a chaud. Une bonne soif et une belle faim le confirment : il est vivant. Il se sent bien. La brise de mer caresse ses cheveux courts.

Il ouvre les yeux sur Hélène.

— Je pense que tu reviens de loin, mon petit moine.

Le cœur de dom Gilbert explose et il sait. Elle va le sortir de là. Il n'a pas cherché Hélène. C'est elle qui l'a trouvé.

Il se rend compte qu'il ne connaît rien de sa vie. Elle doit avoir un peu moins de quarante ans. Il sait qu'elle n'est pas mariée avec Bruno, mais avant la queue-de-cheval, qui était là ? Il arrive à articuler quelques mots.

— Je croyais que tu avais terminé.

— Si ! Je rends visite à un ami malade.

Ils rient. Elle poursuit.

— J'ai l'impression d'être arrivée au bon moment. Tu semblais en plein cauchemar.

— Oui, c'est étonnant tout ce qui se passe pendant que je dors. Avant cet accident, je ne me souvenais jamais de mes rêves. Je n'étais même pas sûr de rêver.

Elle n'ose pas demander ce qui habite son sommeil. Il l'impressionne encore un peu. C'est ce statut de moine. Elle ne comprend tellement rien à cette vie. Pourtant, il y a là un truc qui l'a toujours attirée. Pendant ses études d'infirmière, elle passait de longs moments seule dans la cathédrale de Dijon. Elle s'y réfugiait à l'heure du déjeuner. Le silence la reposait.

À sa grande surprise, c'est le moine qui se permet une question.

— Puisque tu me fais une visite amicale, je vais en profiter pour m'informer sur mon amie !

— C'est vrai que tu ne sais rien de moi… À part le thé pomme et cannelle.

— Et Bruno.

— Oh ! Celui-là…

— Quoi, celui-là ?

— Il me gonfle. Il me colle tout le temps. Il ne me lâche pas d'une semelle.

— C'est sûrement parce qu'il t'aime.

— Je sais bien, mais ça m'énerve. Depuis qu'il est venu ici, il n'arrête pas de râler. Si ça continue, il va me faire une dépression. Heureusement qu'il est quatre jours par semaine à Lyon, sinon, je ne pourrais pas.

— Ah bon ! Il travaille là-bas ? Quand vous aurez des enfants, vous ferez comment ?

— Oh ça ! Nous avons déjà tous les enfants qu'il nous faut.

Le plomb coule dans la gorge de dom Gilbert et lui emplit le cœur. Le marrane n'a pas le temps de reprendre du service. Hélène ne lui laisse pas l'occasion de jouer au moine détaché.

— Pas ensemble ! Je veux dire que j'ai des enfants et Bruno aussi. Nous les avions avant de nous rencontrer. J'ai un fils et une fille et lui, deux adolescentes.

Elle se méprend sur le sourire de soulagement du moine.

— Ah! C'est compliqué, n'est-ce pas?

— Non, pas vraiment. C'est simplement une situation peu fréquente au monastère. Parle-moi de tes enfants.

Pendant plus d'une heure, elle lui raconte sa vie. À dix-neuf ans, elle a connu un grand chagrin d'amour. Elle aimait un Breton, étudiant en médecine. Il l'avait quittée. Il tenait à élever ses enfants en leur donnant l'éducation qu'il avait reçue. Yves était catholique. La fille de parents communistes trouvait ça d'un ringard! Ils s'étaient disputés très fort. Les parents d'Hélène avaient bien tenté d'arranger le coup. Ils adoraient Yves. Rien à faire, le Breton avait la tête dure et leur fille, la tête folle.

— Remarque : je l'ai échappé belle. Je l'ai revu quelques fois. Il a son cabinet médical en Alsace. Il est marié à une grosse blonde qui fait bien la choucroute et lui pond des gamins comme des saucissons. Il est toujours aussi beau. Hélas! il a, encore, toujours raison. C'est terrible d'en savoir plus que tous dans tous les domaines.

— Le père de tes enfants, tu l'as épousé?

— Bien sûr! À l'église même qu'on s'est mariés.

— Ah! Bon! Les communistes vont aussi à l'église pour ça.

— Certains, oui. C'est plus beau.

Elle rit.

— Je te taquine. C'est la belle-famille qui le voulait. Ils sont de Reims; alors, tu comprends! Il a fallu discuter pour que ça se fasse à Dijon. Heureusement que François voulait ouvrir son cabinet médical en Bourgogne. Voilà, j'avais changé le cidre pour le champagne, mais sans quitter Hippocrate. C'est après Yves que je me suis mise à me réfugier dans la cathédrale à l'heure du déjeuner. J'ai vécu très mal la séparation. J'ai même raté toute une session.

«C'est mon amie Joëlle qui m'a sortie de la déprime. C'est une fille super réaliste, les deux pieds plantés dans la bonne terre et les deux mains actives pour ne jamais manquer ni de mecs ni de fric. Elle m'a emmenée partout. Elle m'a présenté tout plein de gens. Je suis allée vivre avec elle. Les garçons défilaient dans nos lits. Jamais il n'était question d'en garder un à dormir. Le matin, on se racontait le coup de la veille en rigolant devant un bol et des tartines. La plus grande rencontre que je lui doive, c'est l'équitation. Je galopais à me fendre en deux. De retour à l'écurie, la bête moussait de sueur et moi aussi. C'est avec de la paille dans les cheveux, l'étrille à la main, envahie par l'odeur du crottin de cheval, que je me suis réveillée guérie. Un beau petit cœur tout neuf!»

Hélène pose les mains sur sa belle poitrine et les yeux du moine s'attardent sur des seins qui semblent l'appeler.

Pouf! Le mercure va faire péter le thermomètre. Dom Gilbert aimerait apprendre à contrôler ce flux sanguin qui n'en fait qu'à sa tête.

Hélène sourit.

— Un mois plus tard, François est venu vers moi. Je le voyais depuis longtemps, rue de la Liberté. Il devait retourner en Champagne pour l'été. Il n'y est pas allé. Je ne croyais pas qu'un tel truc soit possible. J'ai dîné avec lui. Nous avons parlé pendant des heures. Je l'ai suivi sans hésiter un instant. Je ne suis jamais repartie de chez lui. Après une bonne année, il m'a demandé de l'épouser. Je ne me suis pas posé une question. C'était normal, naturel, évident.

« Vincent est né au bout de deux ans. J'ai pris toute une année de congé. François souhaitait que je ne retourne pas au travail, mais j'ai besoin de sortir, de voir du monde. J'aime la vie d'un hôpital et le contact avec les malades. Au bout de quatre ans, ma petite Marie arrivait à son tour. La famille était faite. Nous avions les deux enfants désirés. L'année suivante, la discussion avec François a été un peu plus serrée pour que je puisse reprendre le boulot. Son cabinet marchait déjà bien. C'était vrai que je n'avais pas à gagner des sous, mais ma vieille prudence de fille d'ouvrier m'empêchait d'accepter une trop grande dépendance économique. Si mon couple se plantait, je voulais pouvoir assurer.

« François changeait. Il rentrait stressé du cabinet. Avant le dîner, il buvait trois ou quatre whiskies. Parfois, il ne mangeait pas. Il n'était jamais grossier, mais il se montrait souvent intolérant avec les enfants. Il détestait le bruit. Il exigeait une tenue à table qui tuait le plaisir du repas. Après le travail, j'en étais rendue à craindre le retour à la maison. Pour donner plus de temps à la famille, j'ai réduit mes heures de service et fait uniquement des remplacements. François ne voulait consentir aucun effort. Il n'avait qu'un but : devenir meilleur que son chirurgien de père. La maison était de plus en plus tendue. Les enfants avaient peur de leur père. Moi, j'étais malheureuse. Je ne voulais pas en parler à mes parents ; pour qu'ils ne s'inquiètent pas.

« Encore une fois, il y a eu Joëlle. Elle avait épousé un banquier plus âgé. Joëlle tapait dans le fric, sans état d'âme. Elle ne travaillait plus. En cas de divorce, le mari se ferait plumer, voilà tout. Nous avons repris l'équitation. J'ai rencontré un propriétaire d'écurie un peu fou. Je me suis laissé faire. Première nouvelle : je couchais avec lui. Joëlle me félicitait. François ne voyait rien. Je n'étais pas du tout amoureuse de mon cow-boy, mais il me faisait du bien. Il élargissait mon petit monde. Il me prenait, debout dans l'écurie, après une longue randonnée. Le corps fourbu, les muscles tremblants, je m'appuyais à la fenêtre du box et le galop continuait. Que ce soit lui ou un autre avait peu d'importance. Il n'était pas davantage amoureux. On se faisait du bien, voilà. J'ai vécu comme ça un peu plus de deux ans.

« Puis, un hiver, pendant le congé scolaire, je suis partie seule à la montagne, avec les gosses. C'est là qu'un grand mec s'est mis à me faire un énorme numéro de séduction. Je me suis amusée à le laisser s'enfoncer, mais il a vite compris qu'il n'arriverait à rien en jouant les gros bras. J'ai alors assisté à une métamorphose. Il s'est effondré en larmes. Ce grand colosse devenait si fragile que j'ai dû lui donner un calmant : il ne pourrait pas vivre sans moi, il savait que j'étais la femme de sa vie, il voyait bien que j'étais malheureuse. Il m'a touchée. C'était vrai. J'avais perdu confiance. Je ne croyais plus à notre couple. Je ne voulais plus essayer avec François. Je ne le savais pas, mais j'étais disponible.

« Bruno a foncé dans la brèche. Il a laissé tomber Superman pour devenir la gentillesse même. Il a entrepris de séduire les enfants. En quarante-huit heures, ils l'adoraient. J'ai fait un gros coup de tête. Au téléphone, j'ai annoncé à François que c'était fini : une vraie folie. J'étais trop malheureuse.

« Quand je suis rentrée à Dijon, François était parti, effondré. Non seulement il savait que j'étais au ski avec un mec, je lui avais aussi appris pour l'équitation. Jamais il n'aurait pu soupçonner que je le trompais depuis deux ans.

« Quatre jours plus tard, Bruno sonnait à la porte. Il rentrait de Lyon pour le week-end et venait le passer avec nous. J'ai voulu rendre définitive la rupture avec François et je l'ai laissé entrer. Voilà ! Depuis plus de trois ans, nous vivons comme ça. Il arrive dans la soirée du jeudi et repart par le premier train le lundi matin. »

Dom Gilbert a perdu ses repères depuis un bon moment. Il n'a jamais été aussi dépassé. Elle a pris tellement plus de risques que lui. Il n'est qu'un vieil enfant. Il est trop tard pour la vraie vie dans le vrai monde. Il ne se voit pas partir à la montagne avec les gamins. Il se demande comment il gagnerait sa vie. Il ne peut même pas s'imaginer faire l'amour avec Hélène. Dom Gilbert est un puceau de plus de cinquante ans ! Heureusement, il a une solide expérience de confesseur et un talent exceptionnel pour la dissimulation. Il s'inquiète de François.

— Ton mari ? Comment s'en sort-il ?

— Ah ! Peut-être mieux que moi. Il m'a d'abord écrit lettres sur lettres. Je n'en ai pas lu une. J'avais peur qu'il arrive à me convaincre de reprendre. Je parlais avec Bruno chaque jour. Il me rappelait combien j'avais été malheureuse ; il avait raison. Je ne retournerais pas avec François. Puis, ça s'est calmé. Nous avons divorcé, sans faire de chichi. François a rencontré une étudiante. Elle a quinze ans de moins que lui. Il s'est remarié l'été dernier. Elle attend un enfant. Tu vois, c'est moi qui suis partie pour refaire ma vie et je partage un amour de week-end avec Bruno. François a déjà replongé dans une vie de famille.

— Es-tu heureuse avec Bruno?

— Je ne peux rien lui reprocher. Il est tellement gentil.

— Tu vas l'épouser?

— Non, jamais. Il me l'a souvent demandé. Je ne veux pas. Pourtant, je sais qu'il m'aime. Les enfants l'adorent alors qu'ils ont peur de leur père. Ses deux filles sont très choutes. Marie les considère comme ses grandes sœurs. Vincent est un peu plus inquiet. Le dimanche, il va sans réticence au temple avec Bruno, mais je sais qu'il voudrait être plus proche de François. Son père n'est pas plus disponible qu'avant. Je le vois rebâtir la même vie avec Virginie. Il reprend là où il avait laissé, quoi!

— Tout ça n'est pas très facile.

Dom Gilbert voudrait rentrer dans sa cellule et s'enfouir la tête sous le traversin.

— Eh! C'est la vie, mon petit moine. Tu crois que je serais ici, après le boulot, si mon cœur était vraiment pris par Bruno?

— Alors, pourquoi es-tu avec lui?

— Je ne veux plus être seule. C'est trop dur. Avec François, j'étais tout le temps seule; même et surtout quand il était là. Il est gentil, Bruno. Et puis, il m'aime.

Hélas, nul n'est moins digne d'amour que celui qui vit seulement pour être aimé. Dom Gilbert entend Bernanos dans *L'Imposture.* Mais qui est-il pour se permettre une telle réflexion? Il la balaie sous le tapis. Ça y est. Dom Gilbert le sait. Il est pris dans une toile d'araignée. Ce n'est pas Hélène qui la tisse; c'est lui. Même si tout ce qu'elle lui raconte le blesse, le remet en face de sa naïveté, il ne veut pas qu'elle quitte cette chambre. Il veut continuer à respirer le même air qu'elle. Il aimerait qu'elle s'allonge à ses côtés.

Ils se confieraient tout plein de secrets. Ils feraient de l'alchimie. Ils transformeraient toutes leurs petites peines d'enfants en une grande joie amoureuse. Il s'en fout de Bruno, de François, du cheval, de tous les autres. Par nature, il n'est pas jaloux. Son mal est beaucoup plus grand : il a peur.

— Ta vie m'impressionne.

Il a laissé sortir quatre mots et se sent épuisé comme après un long sermon de retraite.

Hélène sourit tristement.

— Ah! Elle t'impressionne. Bon! Mais, surtout, elle te fait peur.

Touché!

— Toute cette vie amoureuse, je n'y connais rien. Oui, c'est tellement d'inconnu que ça fait peur.

— Pourquoi tu t'es fait moine?

« Ça y est, se dit dom Gilbert, c'est à mon tour de passer au confessionnal. » La réponse vient plus vite qu'il n'aurait cru.

— Pour avoir la paix.

— Tu l'as?

— Je l'ai eue.

Voici que dom Gilbert s'entend raconter sa vie d'enfant abandonné, son entrée à La Ferté, ses études à Rome, sa petite misère sexuelle, ses rêves sur la mort, cette méditation qui réveille Kundalini, ce jeune novice qui le perturbe, la scène de la chapelle de l'infirmerie qui l'a conduit ici et cette envie, pour la première fois, de quitter son abbaye.

Il vient, lui aussi, d'ouvrir son monde à Hélène.

Après ces heures de conversation, une chose magnifique se produit : ils se taisent.

Sans qu'ils en aient été conscients, Stéphane est passé plusieurs fois devant la porte. Il y a collé une grande feuille : visite interdite.

Hélène est son amie. Il sait qu'elle ne va pas vraiment bien. Il croit qu'elle se confie à un prêtre et veut l'aider.

Hélène chuchote.

— Crois-tu au coup de foudre ?

— Je ne sais pas tout à fait de quoi il s'agit.

— C'est, quand on voit quelqu'un pour la première fois, l'impression de rencontrer l'homme ou la femme de sa vie.

— Alors, oui, peut-être que je sais un tout petit peu.

— Moi, ça m'est arrivé deux fois. La première, c'est quand François m'a parlé, rue de la Liberté. Pourtant, toute notre éducation nous séparait. Pendant que, le dimanche, j'allais vendre *L'Huma* avec maman, lui déjeunait en famille. Pendant que je mordais dans une pêche, lui se servait d'un couteau et d'une fourchette pour manger une poire. Je n'ai jamais regretté de l'avoir épousé. J'ai eu de la peine que ça n'ait pas marché, mais pas de regrets. J'étais contente de me marier avec lui. J'ai deux beaux enfants. La crise est passée entre nous. Il se moque un peu de Bruno avec moi en l'appelant Superman ; ce n'est même pas méchant. Je m'entends plutôt bien avec Virginie. Elle est jeune et ambitieuse, mais ça va. Elle aura les mêmes problèmes que moi avec lui. Alors là, c'est leur vie. Avec Bruno, c'est sans histoire. Parfois, il est un peu comme mon troisième enfant, mais c'est aussi un bon amoureux : un homme quoi ! Je me plains qu'il parte quatre jours par semaine, mais je ne pourrais pas l'endurer tout le temps. J'ai besoin d'espace,

de liberté. La semaine dernière, si on m'avait demandé :
« Es-tu heureuse ? », j'aurais répondu oui, sans réfléchir.

Dom Gilbert ne savait pas qu'un cœur pouvait battre
aussi fort que le sien, à cet instant précis.

Elle chuchote.

— Mais il est arrivé un truc, un bidule en robe blanche
pleine de sang. Le grand machin mourait dans son lit et il
a enfin connu une vraie peur d'enfant. Il est venu poser sa
peine sur ma poitrine, juste là. Il s'est calmé et je l'ai senti
reprendre vie. Je ne voulais plus jamais que ce moment
s'achève, que cet instant passe.

La romantique Hélène aurait souhaité rester comme ça
jusqu'à la fin du monde.

Tout au bout d'une longue plage de silence, Gilbert
murmure.

— Je ne savais pas que ça pouvait exister, une si bonne
odeur. En posant la tête sur tes seins, j'ai pensé : « Mon
Dieu, juste avant de mourir, j'aurai rencontré une femme.
Merci. » Ensuite, j'étais prêt à tout.

— Tu sais, mon petit moine, si un jour je me rema-
riais, ce serait avec toi.

C'était la plus nue de toutes les créatures : pas de bras, pas de jambes, une grande bouche innocente et des yeux si petits qu'Ève ne les voyait pas.

Comment une telle intelligence pouvait-elle en sortir ?

Cet échappé de Dieu venait lui apprendre que la liberté, c'était désobéir. L'interdit n'avait pour fonction que de permettre le courage. Comme si Dieu disait : « Je vous offre la divinité, mais je ne veux pas que vous soyez des dieux. »

Il fallait oser la prendre.

D'où venait ce serpent ? Justement de cet arbre de la connaissance du bonheur et du malheur qui devait donner la mort.

Et pourtant, il vivait !

De quoi Ève aurait-elle pu avoir peur ?

Jamais ce Dieu ne s'était approché de la femme avant aujourd'hui. Car Ève ne doutait pas que c'était Dieu qui parlait. Comment autant d'intelligence aurait-elle pu tenir dans tant de vulnérabilité ?

Oui, Dieu s'amusait.

Ève était contente. Il s'adressait enfin à elle.

Comment aurait-elle pu se méfier? C'était après avoir mangé ce fruit que l'on apprenait la méfiance.

Avant d'avoir digéré la première bouchée dans la joie, elle donna du fruit à son homme.

Et c'est là qu'elle sut que le serpent avait raison. Le fruit dans son ventre était une semence : de là naîtrait la vie. Ève serait la mère des vivants. Toute vie germerait dans ses entrailles.

Ce fut comme un éclair : éblouissant et furtif.

Puis, la ténèbre et le froid.

Après l'éblouissement déjà oublié, une telle colère pesa sur Ève qu'Adam crut y reconnaître la voix courroucée de Dieu. Et il connut la peur.

Le pouvoir basculait.

Sortie de l'homme, la femme l'enfanterait.

Voilà que l'homme craignait la femme.

Le serpent! Le serpent! Le serpent!

Adam fermait le poing et agitait le bras.

Puis, il vit Ève qui se vêtait de peau. Il la regarda longuement tant elle était belle.

Ève sentit frémir son ventre en voyant l'œil d'Adam qui la déshabillait.

Oui, le serpent avait raison : il fallait manger le fruit.

Oui, le serpent avait tort, ce fruit avait un goût de mort.

Adam et Ève ne sortaient pas tant du jardin qu'ils n'entraient au désert. Déjà leur mémoire se trouait et tombait en lambeaux.

Mais ce n'est pas parce que l'on oublie le jardin d'Éden qu'il n'existe pas.

Le serpent, lui, changeait de peau.

10

Frère Jean-Daniel ne lâche plus frère Ouriel. Son dépit ne faiblit pas. À chaque instant, le novice le renvoie à sa médiocrité. Frère Jean-Daniel ne trouvera un peu de grandeur qu'en s'acharnant sur le gamin. Il s'agit de le coincer, de l'obliger à se commettre. Il va leur faire un petit miracle, foi de Normand. Il a en frère Elvis un allié naturel. Le Maghrébin est veule, envieux et médisant. Frère Jean-Daniel sait que jamais frère Elvis ne repartira. Le garçon a trouvé un univers à sa dimension. Le monde se résume à quarante hommes régis par un code précis.

Frère Jean-Daniel désigne frère Ouriel et frère Elvis pour emballer le fromage. Les novices passent deux heures, seuls dans une grande chambre froide, à travailler en silence. Frère Ouriel a repris des forces. Il a pu se reposer tout l'après-midi d'hier. Le dimanche est le seul court moment de répit. Le Père maître lui a permis de rester au lit, dans sa cellule. Il est si bien, ici, dans ce monastère, le petit Ouriel. Il n'y croit pas trop, à son pouvoir de thaumaturge. Il a bien vu qu'il guérissait des bêtes, mais il n'a pas l'impression que ce soit important. Ce n'est qu'un signe, une force à l'état brut. Il ne va pas s'en servir de façon directe et primaire. Il sait devoir sublimer ce pouvoir pour en étendre les bienfaits à une couche supérieure et plus profonde de vie. Il doit retenir cette force et l'augmenter. Puis, il pourra la distiller et en faire de l'Esprit. Il s'agit de se laisser prendre entièrement par Dieu. Frère Ouriel comprend que c'est déjà Lui qui agit à travers son corps physique dans la chair d'un animal, mais ce n'est qu'une base, un appui. La guérison profonde, c'est la sortie de l'ignorance. Frère Ouriel sait qu'il a oublié quelque chose, mais il n'en sait pas plus. Alors, frère Ouriel prie en empilant les fromages. Frère Elvis l'observe et le déteste avec plaisir.

Il est un peu plus de seize heures quand frère Jean-Daniel arrive avec le postulant.

— Frère Ouriel, Guillaume va prendre ta place. On a besoin de toi à l'hôtellerie.

Le novice suit le Père maître. En arrivant à la chambre 207, il comprend.

Frère Nathanaël est agenouillé. Il tente de réanimer une vieille dame qui râle bruyamment. Il lui souffle de l'air dans la bouche pendant que frère Gratien appuie de tout son poids sur la cage thoracique : infarctus. Frère Jean-Daniel se tourne vers le novice.

— Fais ton devoir !

Ouriel ne discute pas. De grosses larmes roulent sur ses joues. Il savait qu'on en arriverait là.

Il s'agenouille à son tour. Une écume rosée macule les lèvres de la dame. Il lui prend la main.

Frère Gratien regarde frère Jean-Daniel qui lui fait signe de se retirer. Rompu à l'obéissance, il sort.

Ouriel a fermé les yeux. Il prie. Le contact s'établit aussitôt. L'espace s'ouvre au-dessus de sa tête. Sa respiration s'élargit. Le courant circule. Les mains de frère Ouriel vont se poser sur la poitrine de la vieille dame.

Frère Ouriel est immobile. Seules ses lèvres murmurent un psaume.

Derrière le maître des novices, frère Nathanaël est stupéfait.

Les deux moines sont debout, silencieux.

Au-dessus du lit, la vieille dame regarde la scène, étonnée. Quelqu'un s'approche d'elle. La voix d'Abel lui parvient doucement.

— Vous pouvez y retourner.

— Mais vous êtes ce jeune homme !

— C'est lui qui est moi.

La vieille Martine disparaît dans la ténèbre lumineuse et ressort par les oreilles, le nez, la bouche, les yeux et toute la peau de la vieille dame allongée.

— Elle bouge !

Frère Ouriel a entendu frère Nathanaël. Il ouvre des yeux pleins de larmes et rencontre le regard de Martine. Elle sourit, intriguée.

— Je crois que je vous connais, jeune homme.

— Je ne sais pas.

— Il me semble vous avoir vu quelque part.

— Je ne sais pas.

Il ne peut rien dire de plus. Il est épuisé. Il s'allongerait là, sur le plancher de l'hôtellerie, et gémirait éternellement.

On s'agite dans le corridor. Les infirmiers du Samu pénètrent dans la chambre et ne comprennent pas.

— C'est pour cette dame?

— Oui, euh… C'était pour elle.

Frère Nathanaël semble s'excuser de la guérison. Il sent le besoin de justifier le déplacement des nouveaux venus.

— Il serait tout de même bon de l'amener à l'hôpital pour un examen. Madame a été victime d'un arrêt ca-car-cardiaque, j'en suis con-con-convaincu.

Les brancardiers connaissent bien frère Nathanaël. Ce n'est pas un hurluberlu.

— Nous allons vous transférer sur la civière, madame.

Les deux hommes s'approchent.

— Pas du tout! Je peux très bien marcher.

Martine se lève. Après avoir coiffé un surprenant chapeau de feutrine, elle prend un petit sac de toile bleu et les précède.

La procession est étonnante. Derrière la petite vieille, deux brancardiers font rouler une civière vide. Un peu plus loin, deux moines escortent un jeune homme blond vêtu d'une cotte blanche de fromager. Le visage du garçon est de la même couleur que son vêtement.

Dans l'oratoire du noviciat, frère Ouriel gît sur le grand banc, face à la fenêtre, au fond de la pièce.

Frère Jean-Daniel, debout, se laisse imprégner par la haine. Lui, qui aimerait cracher à la face de Dieu, n'a que ce petit con sans résistance pour saouler sa douleur. Plus il vieillit, plus l'abîme vertigineux de sa médiocrité l'étourdit. Il n'aura de grandeur que dans le mal. Il lui faut donc ménager sa proie.

— Je sais que tu ne voulais pas. Sinon, je ne te l'aurais pas demandé. Je constate ce que te coûte une guérison, mais c'est la voie christique. La lumière ne doit pas rester sous le boisseau, frère Ouriel. Le charisme de chacun lui indique sa place dans l'Église. Tu es là pour guérir. Ma tâche est plus humble : je dois conduire les malades jusqu'à toi.

Frère Jean-Daniel admire son propre talent pour dissimuler, manipuler, mentir : oui, c'est la seule voie qui lui soit ouverte. Si Dieu ne souhaitait pas qu'il soit son égal, Il n'avait qu'à ne pas le faire.

En se retrouvant seul à l'oratoire avec le maître des novices, frère Ouriel a été attaqué. Un grand frisson lui a glacé le dos, le froid lui coulant dans la colonne vertébrale.

— Marie, mère de Dieu, ma mère, recouvre-moi de ton manteau.

Il s'est d'abord recroquevillé sur le banc, a pris son chapelet et a pu enfin s'abandonner.

Frère Ouriel repose dans un igloo, au cœur d'une énorme tempête. La rage, la colère et la haine sifflent au-dessus de son refuge, mais il est à l'abri. Le psaume vingt-deux monte.

Si je traverse les ravins de la mort,
Je ne crains aucun mal.
Car tu es avec moi.

Frère Jean-Daniel n'est qu'un pauvre instrument. Non, il n'est pas mauvais. Il souffre de son ignorance.

— Mon Dieu, que ta volonté soit faite.

C'est l'heure des vêpres. Les novices sont passés au *lavatorium* et montent à l'église. En voyant la pâleur de frère Ouriel, agenouillé dans les stalles, frère Elvis comprend qu'il est arrivé quelque chose à l'hôtellerie. Il refuse de mourir de curiosité. Il saura la vérité, toute la vérité. Il le jure.

En remettant sa serviette de table dans son casier, le novice y trouve un de ces petits billets auxquels les a habitués frère Jean-Daniel. Le Père maître l'attend dans son bureau à dix-neuf heures quinze.

Une demi-heure plus tard, frère Elvis ne sait plus comment chanter son bonheur : il est dans le secret. Dans quelque temps, La Ferté deviendra le premier sujet de conversation des Français et il ne sera pas perdu parmi les témoins de l'événement. Il va jouer un rôle de premier plan : oui, un vrai premier rôle.

Cet Ouriel Thiercy est donc un saint ? Elle est méchante, frère Elvis, mais elle croit tout de même en Dieu. Elle n'y croit pas beaucoup, mais elle est très superstitieuse. « On sait jamais », se dit-elle. Pour une fois qu'elle est du bon bord ! Frère Jean-Daniel lui a demandé de jouer le rôle de l'ange gardien du petit blond. Elle aura plaisir à s'acquitter de la tâche. Il est si mignon et tellement facile à vivre. Elle va veiller sur le petit frère Ouriel comme une grande sœur, frère Elvis. Elle avait mal jugé frère Jean-Daniel. Elle croyait que le Père maître n'aimait pas le petit Suisse. Elle, qui lisait si clairement dans le jeu de tout le monde, venait, pour la première fois, de se tromper.

À complies, frère Jean-Daniel indique à frère Elvis sa nouvelle place dans le chœur : juste à côté de son petit saint recueilli.

Frère Elvis imite son protégé. Aussitôt, le jeune Maghrébin de Nanterre sent que quelque chose change en lui. Plongé dans l'aura du jeune Vaudois, Elvis constate qu'il n'arrive plus à détester Ouriel.

À la fin de l'office, il chante le *Salve Regina* en baignant la statue de la Vierge de son regard plein de larmes. Il se sent aussi belle qu'Elle. Oui, il va le protéger, le petit saint. Oui, il jouera au bon génie. Il sera plus qu'une grande sœur, plus qu'un ange gardien.

En sortant de l'église, frère Ouriel s'incline devant le Père prieur pour l'aspersion. Il ne le sait pas, mais, derrière lui, sa jeune maman le couve de ses beaux grands yeux noirs.

Dans sa cellule, frère Elvis ne dort pas. Il s'enivre de sa joie. Il va devenir très bonne, très généreuse. Il a quitté le camp des méchantes. Il n'avait pas le choix, dans sa Cité. Il lui fallait manipuler les paquets de muscles et les têtes réduites.

En épousant cet ivrogne breton, sa mère s'était coupée de sa famille. Son père l'écrasait de sa supériorité de Français crétin. Elvis avait très vite appris à manipuler le gros imbécile. Il lui donnait raison sur tout et confirmait la prééminence des Gaulois sur les bougnoules. Alors que ses voisins se rendaient à la mosquée pour la prière du vendredi, lui fréquentait l'église catholique. Il savait flatter le curé, un pauvre ignorant prétentieux, sympathique au Front national.

— Tu vois, Elvis, ce n'est pas que je sois raciste, mais tu peux rendre grâce à Dieu que ton père soit Français. C'est tout de même dommage que tu ressembles physiquement davantage à ta pauvre maman. Remercie ton papa de ne pas t'avoir appelé Mohamed.

Le pauvre gosse, qui aurait assassiné son père pour ce prénom d'Elvis, acquiesçait sournoisement. Ce gros imbécile en col romain demeurait sa seule porte de sortie.

Le curé Pasdeloup s'était révélé un bon placement. Il avait pris le jeune homme sous sa robe pour le conduire au baccalauréat.

Elvis ne voulait pas entreprendre une carrière. L'ascension de l'échelle sociale par un bougnoule efféminé lui apparaissait une mission impossible. Et, de toute façon, ridicule. La société française, imitatrice de ces brutes primaires d'Américains, devrait se suicider sans lui. C'était dans l'Église catholique qu'il trouverait sa place. Elle se développait surtout en Amérique latine, en Europe de l'Est et en Afrique. Le descendant d'Avicenne saurait s'imposer auprès d'eux. Il fallait disposer de temps pour se préparer, voilà tout.

Le curé Pasdeloup lui avait parlé du séminaire. C'était hors de question. La petite vie médiocre des prêtres séculiers ne le boufferait pas.

Il avait confié au gros crétin que le Seigneur semblait l'appeler à la vie dans une communauté religieuse.

Le curé Pasdeloup connaissait une nouvelle fraternité installée au centre de Paris, dans l'église Saint-Gervais. Une soixantaine de jeunes frères et sœurs de la Fraternité monastique de Jérusalem priaient dans le chœur. La mixité et le trop grand nombre repoussèrent Elvis. Il ne voulait pas autant de compétition. Le curé lui proposa de visiter des monastères. Il arrêta son choix sur La Ferté. La communauté se révéla parfaite pour lui : quelques novices, beaucoup de vieux, une réputation exceptionnelle, un passé glorieux et un avenir certain. Elvis rejoignait le corps d'élite de l'Église, lui semblait-il. En annonçant son intention au curé Pasdeloup, il en fut convaincu. L'admiration du gros curé n'était pas feinte : Elvis s'extirpait de la fange populaire.

Il procéderait lentement, étape par étape. D'abord, il fallait apprendre à connaître chaque frère. Le silence n'était pas un obstacle. Il agissait plutôt comme un révélateur. Il suffisait de savoir lire les comportements. Quand on avait passé sa vie à manipuler des imbéciles en milieu hostile, c'était un jeu d'enfant. En deux toutes petites années, Elvis avait fait le tour du groupe. Il contrôlait ses rapports avec chacun. Jusqu'à ce soir, il n'avait pas rencontré un imprévu.

Dans sa cellule, frère Elvis fait face à un premier obstacle : il est ému. Le voici en panne de cynisme. Il ne comprend pas ce qui se passe. Il lui arrive un truc insoupçonné : il a envie d'être bon. Il a trouvé son maître. Non, ce n'est pas frère Jean-Daniel. Il y a un saint à La Ferté. Désormais, ils en auront deux pour le prix d'un.

Frère Elvis s'engage à protéger frère Ouriel contre tous ceux qui pourraient l'empêcher de faire le plus de miracles possible. La réputation de frère Ouriel va se répandre dans toute la France et dans toute l'Église. Il y a eu Lourdes, Fatima, et désormais on ajoutera La Ferté. Derrière chaque grand homme, il y a une femme. Derrière le petit saint, il y aura une sainte. Il a accompli un deuxième miracle, aujourd'hui, le petit Suisse. Il a converti frère Elvis. Elle est devenue bonne, très bonne, trop bonne.

□ □ □

Charles Petit est contrarié. Les moines fuient le sensationnalisme. Le médecin examine les résultats de l'échographie cardiaque de la vieille Martine. D'après la description inattaquable du frère infirmier, elle a été victime d'un infarctus qui aurait dû la tuer. La cicatrice est bien là, mais elle n'a pas l'ampleur correspondant à la gravité de l'accident.

— Je ne comprends pas. Il se passe quelque chose chez vos moines.

Son confrère cardiologue l'a appelé tout de suite. Le docteur Petit protège le monastère. Il ne saurait dire pourquoi. C'est peut-être parce qu'il aime tout ce qui est hors norme. C'est aussi parce qu'il jouissait de la clientèle de La Ferté qu'il a acheté le bureau de son prédécesseur. Il écoute son confrère.

— La vieille dame est convaincue du miracle. Elle dit qu'un jeune moine l'a ramenée, qu'elle était déjà morte. Elle affirme avoir vu toute la scène avant de rentrer dans son corps. Elle est intarissable. En deux heures, la nouvelle a fait le tour de l'hôpital. Je crois que le seul ici qui ne le sache pas, c'est le Père abbé. J'ai voulu le prévenir doucement, mais l'infirmier m'a demandé de ne pas le déranger. Il écoutait les confidences d'une visiteuse.

— C'est bien. J'irai lui parler.

11

Charles Petit se tient gauchement devant dom Gilbert. En terminant son récit, il a espéré une réaction. Le moine reste coi. Il semble au médecin qu'il faille au moins demander à la vieille Martine de se taire. Elle répand la nouvelle à la vitesse de l'épidémie. Si on ne veut pas se retrouver avec une invasion de pèlerins à La Ferté, la résistance s'impose. Il voit dom Gilbert plongé dans sa réflexion et attend.

Or, dom Gilbert ne réfléchit pas du tout. Il n'arrive pas à s'intéresser à la question. Il a envie de se reposer. Le courage de choisir lui fait défaut. Ce matin, l'abbaye de La Ferté ne le concerne plus.

Le docteur Petit reste planté là, guettant un signe. Dom Gilbert attend que le visiteur se retire.

Après la fièvre des fêtes du neuvième centenaire de l'Ordre, le monastère vient de rentrer dans le calme. On doit éviter un autre charivari. Charles Petit n'ose pas ajouter un mot, mais il connaît bien sa Bourgogne. Elle ne laissera pas filer pareille occasion. Un saint guérisseur jeune et beau fera pleuvoir les euros sur le département. Les apparitions de la Vierge à Medjugorie ont sorti ses habitants de la misère. Pourtant, personne ne revient guéri de là. Or, ce que Charles Petit a vu sur les images échographiques du cœur de Martine demeure scientifiquement inexplicable. Charles Petit ne croit pas aux miracles. Il attend que le Père abbé le sorte de l'impasse. Mais il frappe à la mauvaise porte. Pour dom Gilbert, La Ferté ressemble désormais à un long tunnel dont il voit le bout. Ce matin, il n'a aucune envie d'y retourner. La vie est rousse et s'appelle Hélène. Les offices ne lui manquent pas du tout. Il veut épuiser son corps et le bourrer de vie. Il n'est plus question de le laisser se dessécher dans l'ascèse alimentaire et l'onanisme désolant. Si l'hystérie du petit Ouriel provoque des guérisons, il ne s'en mêlera pas. C'est qu'il en a vraiment par-dessus la tête. Ce délire mystique qui s'acharne sur lui ne le détruira pas. Il se revoit devant le tabernacle à jouer dans un mauvais *Dom Camillo*. Cette crise de schizophrénie ne se reproduira pas. Le serpent Kundalini n'existe pas davantage. Il a tellement menti toute sa vie qu'il ne sait plus rien. Il ne remettra plus le nez dans cette méditation qui ressemble à un suicide. Il ne revêtira plus jamais cette robe blanche et ce scapulaire noir pendus au crochet. Ça leur fera un peu d'action, cette histoire de miracle.

Le dos appuyé aux oreillers, il fixe longuement son visiteur.

— Charles, je n'ai jamais pris un risque de ma vie. Si vous saviez comme j'en ai ras le bol d'être prudent et intelligent. J'en ai tellement marre d'avoir des réponses à des questions que je ne comprends pas. Je ne sais pas quoi faire pour frère Ouriel. J'ai même l'impression que cela ne me regarde pas. C'est pas mes oignons, vous comprenez? Si quelqu'un peut accomplir des miracles, il faut peut-être les lui laisser faire, vous ne croyez pas?

— Père abbé, je ne vous en aurais pas parlé, mais là, je ne peux plus me taire. Je n'arrête pas de penser qu'il y a un lien entre votre guérison et celle de cette vieille dame. Il se passe quelque chose. Je ne sais pas ce que c'est. Je ne comprends rien à ce qui arrive. Nous sommes entrés dans une zone inconnue. Je ne suis pas du tout tranquille. Je vois bien que vous subissez un choc post-traumatique et que je devrais vous laisser récupérer, mais je ne m'y résigne pas.

Cette notion psychologique ébranle dom Gilbert. Il n'avait pas eu l'idée qu'il subissait peut-être le contrecoup d'une maladie subite. Une petite bouffée de prudence le calme. Il rentre dans ses sandales.

— Vous avez sans doute raison. Je n'ai jamais été malade. Je ne connais pas le processus de guérison. Vous croyez que je suis victime d'un choc post-traumatique?

— Il n'y a pas d'autre explication. Je ne vous reconnais pas. Laissez passer quelques heures avant de prendre une décision pour frère Ouriel, mais n'attendez pas trop. Si vous me le demandez, je peux me charger de rencontrer madame Schaub.

— Bon, très bien! On fait comme ça.

Charles se retire, perplexe. Il ne savait pas que son patient avait autant besoin d'aide.

Dom Gilbert a déjà oublié la visite du toubib. Il pourrait s'en souvenir, mais ça ne l'intéresse pas. Il attend Hélène.

□ □ □

En fin d'après-midi, un personnage inattendu découvre un dom Gilbert tout propre, assis face à la fenêtre. Il confirme la surprise du moine.

— Oui, c'est bien moi. Faut qu'on se parle.

Le grand veau a pris de la corne et du sabot ; fébrile, Bruno attaque.

— Vous ne reverrez pas Hélène. Tant que vous serez ici, elle ne quittera pas la maison. Et je ne la force pas ! C'est elle qui m'envoie. Elle n'a pas envie de foutre sa vie en l'air. Je lui donne enfin un peu de bonheur. Vous n'allez pas débarquer pour tout saccager. Hier soir, elle a voulu rompre. Attendez là ! Hé ! Ho ! Ça va pas ? Je l'ai sauvée, moi, Hélène. Cette nuit, quand elle m'a appelé à Lyon pour me virer, j'ai tout de suite pensé à vous. Je vous observais dimanche. Vous ne la regardiez jamais. Vous vous intéressiez trop à moi. Je ne suis pas con. Je sais que tout le monde me trouve raseur. Les mecs normaux, ils m'envoient valser sur les roses et discutent avec Hélène. Je ne pouvais pas croire qu'un salaud de curé essayait de me piquer ma femme. Mais vous êtes vraiment tous des pourris ! Tu t'approches d'Hélène, tu cherches seulement à lui parler… Je te casse la gueule, pauvre crétin ! Abbé de La Ferté de merde ! Je vais te le faire bouffer, ton petit mépris condescendant.

Dom Gilbert regarde le taureau qui s'agite. Non, il ne va pas discuter avec lui, ni avec qui que ce soit. Ça ne l'intéresse pas plus que l'affaire des miracles à La Ferté. Il ne va pas succéder à cet homme dans le grand lit d'Hélène. Il n'en a pas besoin. Elle lui a déjà tout donné ; Hélène lui a sauvé la vie. L'œil droit de Gilbert se brouille, puis le gauche. Il est si fatigué !!!

Bruno voit tomber deux grosses larmes sur les joues de l'abbé. Il le regarde, confondu. Il fouille dans ses poches à la recherche d'un calmant qu'il ne trouve pas.

Silence.
Puis, il murmure difficilement.
— Tu fais vraiment chier !
Il s'affale sur la chaise à côté de Gilbert... en pleurant.

12

Le neveu de Martine remet le combiné en place. Il la croit. C'est cette vieille bigote qui lui donne sa chance. Comme quoi il a bien raison de ménager tout le monde. Aurélien travaille au *Bien Public* depuis trois ans. Il n'arrive pas à sortir de la chronique judiciaire. Ce n'est pas le manque de talent qui le paralyse; c'est l'absence d'événements. Il ne se passe rien à Dijon. Il n'aurait jamais cru que l'abbaye de La Ferté lui servirait de tremplin.

Bon! Il faut planifier. Aurélien connaît le principe américain de l'enquête : les cinq W. Il récapitule : *What*? (Quoi?) Un miracle. *Where*? (Où?) À La Ferté. *When*? (Quand?) Hier. *Who*? (Qui?) Un novice qu'il faudra connaître. *Why*? (Pourquoi?) Voilà le plus gros du travail.

À neuf heures trente, il a déjà obtenu une chambre à l'hôtellerie du monastère en racontant une histoire de rupture amoureuse. Le frère hôtelier réserve toujours quelques lits pour les urgences.

C'est muni d'un portable et d'un Canon T-70 qu'Aurélien Schaub s'installe dans la chambre 16 pour une semaine. Il va se la jouer reporter sur le terrain. Le jeune homme est dépourvu de scrupules mais pas de moyens.

Dès l'office de sexte, avant le déjeuner, il a repéré frère Ouriel dans le chœur. La beauté du garçon l'électrise. Le gros plan d'une gueule pareille va se retrouver en première page, il le jurerait. Comment s'en approcher ? Il retourne la question pendant tout le déjeuner.

Après le repas, il s'installe à la bibliothèque de l'hôtellerie. Il veut connaître l'histoire de La Ferté. Il va créer un cadre mythique autour du novice, le situer dans neuf cents ans d'histoire, au cœur d'une nécropole millénaire.

À quinze heures, en sortant de none, il découvre comment s'approcher des moines. L'un d'eux vient rejoindre quatre retraitants et les amène travailler. Aurélien se renseigne. Il suffisait de demander. Le lendemain, le jeune journaliste est au boulot avec les autres. Ils nettoient les sous-bois où vont méditer les retraitants. Mais c'est de l'autre côté de la clôture que veut aller Aurélien. Revenant vers l'hôtellerie en fin d'après-midi, il a le souffle coupé. Deux novices sortent de la cour de ferme. C'est frère Elvis et frère Ouriel qui rentrent de la fromagerie. Aurélien doit établir le contact avec eux. Il le faut. Il presse le pas et les rattrape.

— Bonjour, mes frères.

Les deux garçons lui font un signe de tête et continuent sans un mot. Aurélien se sent un peu con. Il lui reste bien des choses à comprendre.

Le soir, il note tout de même la rencontre initiale et résume ses premières recherches. Dans la tradition cistercienne, les histoires de thaumaturges sont nombreuses. Le *Grand Exorde* de Cîteaux en est rempli. Et le dernier cas remonte à moins d'un siècle. La dépouille d'un jeune moine repose dans l'église du monastère de Sainte-Marie-du-Désert, en Haute-Garonne. Mais cette version masculine de sainte Thérèse de Lisieux manque d'originalité. De plus, les témoignages de guérisons miraculeuses ne s'empilent pas. Auprès du petit blond, le bienheureux Marie-Joseph Cassant ne fera pas le poids.

Comment entrer en contact avec les novices? Ils sont trois, vêtus de blanc. Dans le chœur, il y a aussi un mec habillé comme tout le monde.

Le lendemain, après la messe, Aurélien cuisine le frère portier. Il découvre un petit monastère dans le grand. Le maître des novices en est le supérieur. Il faut passer par lui pour approcher le guérisseur. Aurélien demande à rencontrer le frère Jean-Daniel.

Une demi-heure avant vêpres, le maître des novices est dans la chambre 16.

On a rarement vu deux hommes autant faits pour s'entendre. Leurs intérêts concordent; comme s'ils servaient le même maître, quoi! Frère Jean-Daniel est ravi de ne pas se retrouver devant un nouveau Marc ou un second Ouriel. On est plus proche d'Elvis, même si, depuis deux jours, le bougnoule s'offre une crise mystique. Le Père maître n'est plus certain que l'idée de lui confier la protection du Vaudois était sans risque. Le rapport de force prévu semble s'inverser. Frère Elvis ne surveille pas frère Ouriel pour tout rapporter au Père maître; il suit l'autre comme un caniche. Ce matin, il a prolongé l'oraison suivant les vigiles aussi longtemps que frère Ouriel.

Oui, cet Aurélien lui plaît. En l'écoutant, il a un peu l'impression de s'accueillir lui-même. Il ne croit pas un seul instant à la vocation du visiteur. Aucune importance:

il n'a jamais cru à la sienne. Quand il deviendra Père abbé, c'est d'un garçon comme lui qu'il aura besoin à la tête du noviciat. Car il faut des chefs; et pour ça, des garçons réalistes, des déçus desséchés. Le Père maître est là pour discerner les naïfs des schizophrènes. Les premiers font de si bons moines. C'est de la chair à canon liturgique. Frère Jean-Daniel se sert de la Bible. Les moines deviennent le peuple d'Israël conduit au désert par Moïse. Ils ont fui l'esclavage de l'Égypte. Le monde est Babylone et le monastère, le désert. On quitte la concupiscence et les tentations de toutes sortes pour la solitude qui mène à Dieu. Tout retour vers la marmite et les oignons d'Égypte s'avère un échec. Il n'y a plus de bonheur possible dans l'esclavage métro-boulot-dodo quand on connaît la liberté d'une communauté de solitaires en marche vers la Terre promise.

Le premier jour, on sort de Babylone. Le deuxième jour, on sort Babylone de son cœur. Le troisième jour, on brise le cœur de pierre.

— Ensuite?

Aurélien enregistre tout dans sa grosse tête. Frère Jean-Daniel conclut par saint Paul.

— Ensuite, ce n'est plus moi qui vis, c'est le Christ qui vit en moi.

Ah! La vache! Quelle chute! Le machiavélisme de l'entreprise réjouit le jeune arriviste.

— C'est vraiment très fort!

Il est trop habile pour mentir. Il a trouvé des mots qu'on peut interpréter à sa guise.

Frère Jean-Daniel n'interprète rien du tout. Il acquiesce. Aurélien ne se doute pas jusqu'à quel point il partage son avis, le supérieur. Rendez-vous est pris pour le lendemain, après none.

□ □ □

Aurélien entre dans la confiserie. Il est accueilli par le silence. Frère Jean-Daniel l'installe à la table de frère Ouriel. La chance lui sourit mais pas le jeune Arabe qui travaille à la gauche du petit saint. C'est jour de caramel au noviciat. Frère Jean-Daniel se multiplie sans s'agiter. Il taille des petits rectangles de friandises sur une grande table de marbre et les distribue sur des plateaux. Pendant que les novices emballent un par un des centaines de caramels dans des papiers argentés, il prépare une seconde cuisson dans la grande marmite de cuivre. Aurélien entend le silence craquer dans ses oreilles. Il se dit qu'il faudra noter ça. Le novice qui pourrait être son père lui déplaît. Il a une gueule d'incorruptible. Qu'est-ce qu'il fout ici, à l'âge d'être grand-père? C'est vraiment pénible, ce vieux raté qui s'accroche au mirage d'une vocation tardive. Il a trouvé une fin hâtive, c'est tout. Aurélien s'amuse un peu. Il lui parle sans dire un mot. Il peut se laisser aller; il ne croit pas à la télépathie.

«Dégage, vieux débris. T'es pédé ou quoi? Tu te cherches une seconde jeunesse? T'avais qu'à vivre la tienne, pauvre mec. Le bougnoule, là, lui c'est bien. Même qu'elle m'a l'air bien éprise du blondinet, la petite tante. Oh! Le postulant! Plus nul que toi, on présente le *Journal* de vingt heures.»

Aurélien se débat. Le petit salaud de Suisse le gêne. Il n'aime pas ce qu'il dégage. Il ne faut pas s'abandonner à ça.

Le journaliste flaire le danger. Il refuse de le préciser, mais il n'arrive pas à s'y soustraire. Il doit beaucoup déconner pour résister. C'est injuste. Il est désarmé. Il ne peut pas se servir de sa grande gueule pour ridiculiser Ouriel.

Avant vêpres, c'est avec soulagement qu'il se réfugie sous le jet chaud de la douche de l'hôtellerie. Il y retrouve ses moyens. Tout en se savonnant longuement l'entre-jambe, il révise son plan de campagne. Il est hors de question de rencontrer le petit saint. D'abord, c'est impossible. Et, même s'il le pouvait, Aurélien sait qu'il n'en tirerait rien. Il se demande même si l'autre n'arriverait pas à le convaincre de ne rien écrire. Le vieux raté se prend trop au sérieux. Ah! La tête de nul! La Maghrébine est dangereuse. Il ne sait pas pourquoi. Elle fait penser à ces chattes qui te sautent au visage pour te crever les yeux. Quand il a su qu'elle s'appelait frère Elvis, il a dû la jouer serré pour ne pas exploser de rire. Il y aurait le postulant. Avec lui, on pourrait jouer la solidarité des nouveaux. Mais comment lui parler?

Le lendemain, Aurélien n'y croit pas. Une chance pareille, il ne connaissait pas. Frère Jean-Daniel l'envoie nettoyer le *lavatorium*, seul avec Guillaume. Pendant la première heure, le bruit de l'aspirateur empêche tout échange. En coupant le moteur, il peut enfin ouvrir la bouche et tenter de faire parler le postulant.

— J'ai terminé. Je fais quoi, maintenant?

— Vous vous vous ra aaa portez l'aaa spirateur au au au au s s s *savatorium* au b b b bout du du du du cloître.

Aurélien n'en revient pas. Le con est bègue comme un hoquet. L'humour reprend ses droits : le visage de Patrick Poivre d'Arvor surgit de nulle part. Aurélien sourit.

«Voilà pourquoi il ne sera jamais sur TF1. P P P P P PDA peut nous mentir tranquille.»

Il est là depuis trois jours et ça n'avance plus. Puisqu'il n'y a rien à faire avec les novices, il faut viser plus haut. Pour jauger une entreprise, fais parler le président. Bon! L'abbé est absent. Le prieur n'a pas une tête de chef. Celui qui dégage le plus d'autorité s'appelle frère Jean-Daniel. Il va sonder le maître des novices.

Avant complies, il déambule avec lui dans le sous-bois. C'est l'endroit de prédilection du Père maître. Il n'a pas à regarder son interlocuteur dans les yeux et il contrôle le rythme de la marche. Il s'arrête sans raison et repart sans plus de motif. Aurélien a compris le système et s'y soumet de bonne grâce.

— Je peux poser quelques questions?

— Bien sûr.

— Celui qui donne le signal en agitant la clochette, au début de l'office, c'est le Père abbé?

— Habituellement, oui. Mais là, c'est le Père prieur. Dom Gilbert est absent.

Évidemment qu'Aurélien le savait. Il voit que frère Jean-Daniel ne déteste pas causer un peu.

— Il sort souvent?

— Plus que nous, bien entendu. Cette fois, c'est différent. Il est hospitalisé.

Première légère indiscrétion : Aurélien a un pied dans la porte.

— C'est grave?

— Oh! Nous l'avons cru un moment. C'était une fausse alerte. Maintenant, il récupère. Vous devriez le voir avant la fin de la semaine.

— Il est souvent malade?

— Vous êtes bien curieux!

— C'est vrai et c'est là mon moindre défaut!

Il a fait rire le Père maître. Le menteur a joué la vérité et trompé l'autre menteur.

— Bon d'accord! Allez! On se tutoie.

Il vient de surprendre Aurélien qui bégaie stupidement.

— Si vous… Si tu veux.

— Je préfère qu'on se tutoie au noviciat. Je suis le frère aîné, mais je ne suis tout de même qu'un frère. Pour répondre à ta question : non, Père abbé n'est pas souvent malade.

— C'est donc un accident?

— En quelque sorte. Le frère infirmier l'a découvert inconscient, dans une mare de sang. Il se vidait par le bas-ventre, si tu vois.

— Une rectorragie, quoi!

— Oui, docteur.

— Ils ont arrêté ça comment?

— Ah non! Ils ne l'ont pas arrêté. Pas les médecins! «Ça», comme tu dis, s'est arrêté tout seul.

— Miraculeusement!

«Tu peux pas mieux dire», pense frère Jean-Daniel. Mais il ne le dit surtout pas.

— Oh! C'est un gros mot, là.

Le silence monte dans le soir qui descend. Frère Jean-Daniel marche dessus et fait crisser les cailloux sous ses sandales. Aurélien tend encore un peu la corde.

— Le frère hôtelier m'a parlé d'une vieille dame qui aurait récemment causé un gros émoi.

La sirène hurle de toutes ses forces. Jamais frère Gratien n'aurait commis pareille indiscrétion. Frère Jean-Daniel s'arrête net, se tourne vers son hôte et lui plante deux petits yeux noirs jusqu'au fond des orbites.

— Qui êtes-vous?

Aurélien découvre une dimension nouvelle à la peur. Il ignorait qu'on puisse avoir aussi froid. Il perd pied.

— Je suis journaliste.

Trop tard pour rattraper le coup : la vérité vient de le sortir de La Ferté.

— Je vous attendais.

La réponse du Père maître le ressuscite. Frère Jean-Daniel enchaîne.

— Comme on finira de toute façon par savoir ce qui se passe ici, je préfère que ce soit bien fait.

Il apprend qu'Aurélien travaille au *Bien Public*; ce qui est parfait. Vaut mieux que ça parte du journal local. Quelqu'un récupérera bien la dépêche pour les journaux nationaux. Il veut que la nouvelle se répande progressivement, pour en mieux contrôler les effets. Il s'assure qu'Aurélien ne divulguera pas ses sources. Puis, il lui mâche le boulot. Le journaliste n'a plus qu'à écrire sous la dictée du moine. Le gosse de riche, beau comme un jeune dieu, fait des miracles. C'est pas le bonheur, ça? Il s'est réfugié au monastère, mais Dieu veut le révéler au monde. Il a choisi la voie de l'humilité et Dieu se sert de son abnégation pour témoigner de la gratuité de son amour. Il ne cherche pas à tirer profit de son pouvoir de thaumaturge; il a guéri Martine par obéissance. Quant à la guérison du

Père abbé, il semble qu'elle ait eu lieu pendant le sommeil du novice. «En conséquence, ajoute un Aurélien amusé par son propre cynisme, la force de la prière peut arracher des miracles au petit saint. Dieu agit à travers son abandon.» Aurélien a pu obtenir un magnifique gros plan d'Ouriel. Il repart de La Ferté, muni du laissez-passer qui lui permettra de quitter l'humidité dijonnaise.

C'est une série de trois articles que choisit le *Bien Public*. Dans un premier, Aurélien relate l'aventure de Martine. Le lendemain, c'est le récit plus mystérieux de la guérison du Père abbé. Le troisième jour, on se ruera sur le journal pour voir la tête du jeune saint.

Dès la parution du premier texte, dom Gilbert a quitté l'hôpital. C'est un convalescent trop faible qui vient occuper un lit de l'infirmerie. Il a téléphoné au directeur du journal pour qu'on interrompe la publication. Il s'est heurté au droit à l'information. Il a entendu frère Jean-Daniel lui raconter juste ce qu'il fallait pour le berner. Il n'a pas récupéré, dom Gilbert. La fièvre le conduit au bord du délire. Charles Petit, que Martine a repoussé en le qualifiant d'athée, menace le moine d'un retour à l'hôpital s'il n'abandonne pas la gérance de cette crise à son maître des novices. Il faut accepter de ne pas tout contrôler. C'est un Père abbé soulagé qui se soumet. Il ne lira même pas les prochains articles avant d'en obtenir la permission du médecin. Comme une bonne couveuse, frère Nathanaël veille sur le supérieur.

Les moines n'ont pas accès au *Bien Public*. Ils lisent uniquement *La Croix*. Une rumeur qui déforme les faits se répand. Aurélien a bien joué ses cartes. Ils ne sauront pas avant le troisième jour le nom du frère guérisseur. Au noviciat, le malaise est palpable. Ils ont tous compris. Il s'agit de frère Ouriel. Personne ne parle. Le Père maître n'a jamais été aussi fermé. Pas un n'ose se confier à lui. Même frère Marc ne comprend pas bien ce qui se prépare.

Le matin de la première parution, frère Jean-Daniel convoque frère Ouriel en toute discrétion. Il lui révèle ce qui se trame. Quelqu'un, à l'hôpital, a sans doute cru la vieille et ameuté la presse. Il lui apprend qu'Aurélien, venu passer quelques jours parmi eux, est l'auteur de la série d'articles. Dans quarante-huit heures, toute la Bourgogne connaîtra l'existence du petit Suisse. Ouriel sait que le Père maître est responsable du coulage. L'histoire se répète sans subtilité, comme à Saint-Maurice. Les mois où il avait les meilleures notes de la classe dans toutes les matières, la rumeur circulait avant la parution des résultats. Il avait découvert qu'elle procédait de son titulaire. Il utilisait les services d'un aîné pour préparer les bulletins. Il lui révélait «en toute confidentialité» les exploits du jeune Thiercy. Le reste appartenait aux quelques envieux qu'on retrouve partout. Ouriel «portait sa croix». La piété du gosse de riche marquait une subtile forme de mépris. Il ne participait d'aucun clan, jouait à devenir le serviteur de tous. Le pieux blondinet cachait un dévot prétentieux, élitiste, méprisant et sectaire. Son départ pour La Ferté avait confirmé leur analyse. Ouriel Thiercy voulait impressionner. Voilà. Il ne savait pas où donner de la tête entre les bouquins sulfureux de sa nymphomane de mère et les manipulations médiatiques faussement humanitaires de son exploiteur de père.

Il écoute frère Jean-Daniel lui mentir avec adresse. Il ne comprend pas pourquoi le maître des novices s'acharne, dans un monastère, à refuser la grâce. Il le voit s'enfoncer douloureusement dans le cul-de-basse-fosse. De quoi cet homme a-t-il autant peur pour courir aussi vite à sa perte ? Ouriel se soumet. Dieu l'a planté à l'ombre de ce figuier stérile. Il ne comprend pas, n'a jamais compris et n'essaie pas de comprendre. Il veut sentir. La raison n'est qu'un marteau dans la main du cœur : un outil. La tête ne mènera jamais sa vie. La foi relève du senti. Il aime Abraham. Il aime Jacob. Il aime le prophète Élie. Il aime Jésus de Nazareth, Iéshoua, pour les intimes. Comme Abraham, il part vers le pays de Moriyya sacrifier son Isaac. Comme Jacob, il passe Penouël après avoir lutté avec l'Ange jusqu'à ce qu'Il le bénisse. Comme Élie, il s'assoit sous un genêt isolé de l'Horeb et sombre dans le sommeil de la mort. Comme Iéshoua sur les hauteurs du Golgotha, appuyé sur les clous enfoncés dans sa chair, il aspire un peu d'air en soulevant la poitrine. Son intuition se confirme : il va mourir jeune. Chaque guérison lui boit tant de force. Personne n'a jamais su. Ouriel doit s'abandonner. Déjà, celle de son Père abbé lui a échappé. On puise à même son sommeil. Il n'a plus où reposer la tête.

Il n'a pas dit un mot depuis son arrivée dans le bureau de frère Jean-Daniel. Celui-ci laisse maintenant agir le silence ; il reste là, toutes antennes dressées. Le tigre aux yeux perçants fixe sa proie. La gazelle ne bondira plus par-dessus les collines. Le faon n'épiera plus amoureusement par le treillis. Le renard ravage la vigne en boutons. Oui, Ouriel va mourir jeune. Le Normand tient son mythe.

Sainte Thérèse de l'Enfant-Jésus peut retourner à sa serpillière. Tout ça est beaucoup plus simple que prévu. Encore deux ou trois miracles et il aura un dossier de canonisation béton : enlevez, c'est pesé! Par la suite, plus le gamin disparaîtra rapidement, mieux ça vaudra. La force d'inertie du bon peuple vaincue, les foules déferleront. Par bonheur, le trop intelligent dom Gilbert est maintenant fissuré à la base. Son propre corps le trahit. Le pouvoir ne peut plus échapper à frère Jean-Daniel. Il se sent la force de la panthère aux aguets : tous les muscles bandés et l'esprit tranchant comme le scalpel sur la peau blanche.

Les yeux fermés, Ouriel voit, dans la pénombre, un éclat de lumière fendre l'air. Le reflet de la lune sur l'acier emporte l'oreille d'un homme. Une voix sort de la nuit.

— Tous ceux qui prennent l'épée périront par l'épée.

La vibration du métal sur la pierre couvre quelques mots. Ouriel n'entend que les derniers.

— Il faut qu'il en soit ainsi.

Cette fois, celui qu'on arrête s'adressait à lui. Ouriel a vu les yeux du Christ. On ne voit pas Dieu sans mourir.

Le Père maître, dont la patience n'a plus de limites, l'observe. Il a gagné, le Normand. Il n'a plus besoin de se méfier, mais il le fera par plaisir. Il aime se méfier. Sa mère lui sert d'exemple. Toute sa vie repose sur trois principes : méfiance, méfiance et méfiance. Il entend enfin la voix du Vaudois.

— Pourquoi?

Ouriel attend la réponse de l'homme sur lequel les soldats se jettent.

— Parce que le Seigneur t'aime.

La voix du maître des novices a fendu la petite foule attroupée sous les arbres.

Un déluge de tisons rouges pleut sur la peau du jeune homme. Son propre cœur lui saute à la gorge. C'est le Père maître qui a posé sa main sur la sienne. La coulée de lave monte vers son cœur. Ouriel ne peut pas résister. Alors, il s'abandonne davantage.

«Mon Dieu, que ta volonté soit faite.»

Il a prié, lèvres closes.

— Tu as peur?

— Oui, j'ai peur.

— N'aie pas peur. Les cloîtres des monastères ont toujours abrité des hommes et des femmes comme toi. Tu es la perle précieuse de La Ferté, un don du Seigneur à l'Église. Quoi qu'il advienne, je serai toujours là.

Frère Jean-Daniel s'amuse. Les derniers mots n'ont pas le sens protecteur qu'un imbécile entendrait. Mais tout va bien; le gamin n'essaie même pas de retirer sa main de la sienne. Le grand ami de Dieu accepte le sacrifice. Frère Jean-Daniel comprend qu'Ouriel n'est pas dupe de sa mascarade de réconfort. Cela lui plaît, tout ce non-dit. Il est à l'aise dans les coulisses avec les couleuvres.

Ce chien fini de Dieu ne l'a jamais aimé et son fils Jean-Daniel ne bande pas au rejet.

Il est libre? D'accord! Ça va chier des briques. Son salopard de grand-père, violeur de sa mère, il va lui cracher à la face, éternellement. Il ne pourra jamais rien pour sa mère desséchée. Il n'a même pas eu droit à un verre d'eau, Jean-Daniel. Il s'enfonce dans le désert sans y chercher la Terre promise. Il n'y a pas de Terre promise. Mais il est plus fort que tous. Pour la survie au désert, c'est lui le mieux préparé. Il ne gaspille jamais une goutte d'eau en sueur. Jean-Daniel n'a plus jamais pleuré depuis ce dimanche après-midi dans l'étable. Il ne dilapide pas davantage sa semence pendant son sommeil. Un mécanisme sophistiqué le réveille toujours à temps. Bardé de métal et de cuir, un soldat casqué d'or regarde avec mépris le petit bout de queue stupide qui s'étrangle sans s'assouvir avant de se dégonfler lamentablement. Oui, l'orgueil est le plus beau péché. *Thank you,* Satan. L'arrivée d'Ouriel Thiercy lui a offert de nouvelles perspectives. Il avait cru se réfugier dans un microcosme pour en prendre le contrôle et jouir de ce pouvoir sans grandeur mais juste à sa mesure. Or, plus il progresse, plus il voit s'éloigner les frontières du mal. Ils sont si peu nombreux à faire un choix. Tous ces tièdes, que Dieu vomit, lui tombent dans les bras. Pour Dieu, il faut dire oui; pour Satan, il suffit d'hésiter.

13

Aurélien se débat. En mettant le point final à sa série d'articles, il n'a pas senti la satisfaction prévue. Il lutte contre une impression inconfortable : il doute. Pendant toute l'aventure, il n'a pensé qu'à l'effet du reportage sur sa carrière. Il a vu paraître les deux premiers volets sans trop d'état d'âme, mais l'attente du dévoilement de l'identité du guérisseur lui a révélé son trouble.

Plus il s'est plongé dans son sujet, moins il l'a cerné.

Il est arrivé à La Ferté en montreur d'ours, mais devant l'imminence de la publication du portrait de frère Ouriel, il se sent vaguement profanateur. Il éprouve maintenant le besoin de se justifier d'avoir fait du bon travail journalistique. L'excitation des autres confirme son malaise : ils veulent bouffer de l'ours.

Pendant sa courte enquête, Aurélien avait joint un chanoine à Saint-Maurice.

— Je ne suis pas étonné de recevoir votre appel. Ce garçon vivait déjà, ici, un paradoxe. Plus il tentait de se faire oublier, plus on ne voyait que lui. Il était, bien malgré lui, sujet de discussion et cause de division. Pourtant, il ne se comportait pas du tout en original. Ouriel Thiercy n'avait rien de l'excentrique. Je n'ai pas compris à quoi tenait ce besoin de se situer face à lui. Pour certains professeurs, on avait affaire à un dissimulateur. Au mieux, il essayait de se faire pardonner l'argent de son père et la célébrité de sa mère. Pour d'autres, au contraire, Ouriel Thiercy vivait dans une maison de cristal : nous étions en contact avec un de ces êtres qui deviennent des saint Bernard ou des Gandhi.

— Dans quel camp doit-on vous situer, monsieur le chanoine ?

— Je suis sans importance pour votre entreprise. Toutefois, avant de vous laisser, il est de mon devoir de vous dire que vous ne lui rendez pas service en le dévoilant. Je sais que vous allez le faire, mais je crois que vous êtes un instrument. Demandez-vous de qui.

Aurélien l'avait remercié en lui promettant la confidentialité. Puis, il avait posé le combiné.

— C'est ça, retourne à ta raclette, vieille barbe.

Le matin du troisième jour, Aurélien ne va pas au journal. Il envoie un courriel au directeur : il n'est pas bien. C'est littéralement vrai. Non pas qu'il soit malade, mais il ne veut voir personne. Il a l'impression de ne pas pouvoir cacher sa nudité. Il se déteste de sentir ça, mais il a honte. Le téléphone sonne et resonne. Les messages s'enregistrent dans le répondeur. L'empressement répété d'une journaliste de FR 3 Bourgogne l'agresse un peu trop. Aurélien a suffisamment pratiqué la psychologie de basse-cour pour savoir que Krystel Fourcault lui renvoie son image.

— Nous sommes tous des parasites. Il nous faut boire le sang des autres pour survivre. Je me suis fait le petit moine et maintenant, on me court après.

Quelqu'un frappe à la porte. Aurélien n'ouvre pas. Il entend une clé dans la serrure.

— Merde, non! Pas elle! Merde! Merde! Merde!

Tante Martine s'est servie de la clé de réserve qu'il laisse chez elle. La voici devant lui, toujours accrochée à son petit sac de toile bleu; on dirait qu'elle le suit.

— J'ai téléphoné au journal. On m'a dit que tu étais malade. J'ai appelé ici trois fois sans obtenir de réponse. J'ai eu peur. Ton père est mort à trente-huit ans, n'oublie pas.

Elle a le *Bien Public* sous le bras.

— La photo est excellente. C'est vraiment un beau garçon.

Aurélien ne réagit pas davantage aux compliments sur le texte. Elle a participé de tout son cœur au travail de son neveu. Elle lui a tout raconté, mais il n'a pas tout repris du récit de Martine. Il a protégé sa tante des ragots. La vieille folle, témoin de sa propre mort, n'aurait rien ajouté au reportage. Il a évité de nourrir les sceptiques.

C'est à elle qu'il doit ce coup de chance. Pourquoi lui en veut-il sourdement? Il sous-estime la vieille.

— Tu te sens coupable?

— Pas du tout!

— Je ne t'ai pas attaqué.

— Je ne me défends pas. Je réponds, c'est tout.

— Aurélien, ce ne sont pas les mots qui parlent; c'est le ton qu'on emploie. Je suis probablement une vieille conne, comme vous dites, mais je suis tout de même plus vieille que conne. Je sais ce qui t'arrive. Tu as l'impression de t'être mal conduit en écrivant tout ça.

— Oh la la ! Tata ! Tu vas pas te mettre à la psychologie à ton âge.

— Tais-toi ! Aurélien, écoute-moi bien. Tu n'as rien fait de mal. Si quelqu'un est responsable d'une indiscrétion quelque part, c'est moi. Je n'avais qu'à ne pas te jeter un si bel os. Tu ne pouvais heureusement pas résister. Tu as bien fait ton travail et c'est tout. Maintenant, ne gâche pas ton succès. C'est aussi dur à gérer que l'échec.

Oh ! Qu'elle lui tape sur les nerfs. S'il la laisse faire, elle va lui reparler de la mort de son père. En cure de désintoxication, il s'est étouffé dans ses sécrétions : un accident médical. Mais le pays produit à peine plus de premiers crus que d'alcooliques. On va pas en faire un plat ! Il a réglé ça depuis longtemps, Aurélien ; il ne boit pas ! Mais qu'on lui fiche la paix, ce matin ! Ils l'ont, leur série d'articles. Il a tout de même le droit de se sentir fatigué. Il n'a jamais tant travaillé. Entre le dictionnaire des synonymes, le Robert, la vie de Padre Pio, l'Ancien Testament, le Nouveau, les histoires de médecins du ciel, les *Thérapeutes* de Philon d'Alexandrie, le mouvement charismatique, les cours de spiritualité monastique de Cîteaux et une infinie brochette de sites Internet, il a dormi trois heures par nuit depuis sa dernière rencontre avec le maître des novices. À cette évocation, Aurélien voit enfin une façon de se débarrasser de la vieille dame.

— Tata ! Je dois appeler à La Ferté en fin d'avant-midi. Je préfère qu'on me laisse seul pour parler au supérieur du noviciat.

Elle ne le croit pas, mais elle n'a plus de ressource. Elle emboîte le pas à son petit sac de toile bleu et emporte au loin son inquiétude et son cœur neuf. Martine oublie déjà qu'elle est miraculée. Elle se souvient surtout d'avoir prévenu son frère de ne pas tant boire. Elle ne s'est jamais mariée. Après la mort de sa maman, elle a veillé sur son ivrogne de père. Elle s'est acharnée toute sa vie à ne pas perdre leur bien. Elle a vécu agrippée à un chapelet de la Salette. Sa guérison miraculeuse était la moindre des choses qu'on pouvait lui accorder. Si quelqu'un devait un peu de gratitude à l'autre, ce n'était pas elle, mais Dieu. Le vrai miracle, il résidait dans sa fidélité à elle. Depuis quatre-vingts ans, Martine pratiquait sa religion. Cette guérison miraculeuse était la juste réponse à la prière de toute une vie. La vraie sainte fouillait dans son petit sac de toile bleu. Une médaille de l'Immaculée Conception à la main, elle remerciait Dieu de l'avoir faite si bonne.

On ne demande pas à une roche de sauter en l'air.

Aurélien dispose d'un instinct délicat. Il sait que quelque chose lui échappe.

— Pourquoi ai-je choisi ce mensonge et pas un autre?

Il aurait pu dire n'importe quoi à sa tante. Or, il avait parlé du Normand aux yeux noirs.

— Je le fais. Voilà.

Son propre mode de fonctionnement le surprend encore. Il lance un mensonge comme il le ferait d'une sonde et il attend le retour pour y décoder du vrai. Le voici qui danse dans la cuisine au son du four à micro-ondes réchauffant son café. Il sait ce qui ne va pas. Il a compris ce qui lui manque. Il a besoin de l'approbation du maître des novices.

La voix très grave et hautement cultivée du frère portier lui confirme qu'il a téléphoné au bon endroit.

— Bonjour, mon père, pourrais-je parler à frère Jean-Daniel, s'il vous plaît?

— Je vais voir s'il est disponible. Un moment, ne quittez pas.

Il entend une cithare chanter l'hymne de la patience avant de céder les ondes au bon vieux trait sonore répétitif de France Télécom.

— Oui, allô, j'écoute.

— Frère Jean-Daniel?

— Oui, c'est de la part de qui?

— Ici Aurélien Schaub, du *Bien Public.*

— Bonjour. Vous songez à devenir moine?

— Non, pas du tout. Pourquoi?

— Pardonnez-moi, monsieur Schaub, mais mon vœu d'obéissance me demande de ne parler qu'à ceux qui ont besoin d'aide pour un discernement vocationnel.

— J'aimerais discuter de ces articles et connaître vos impressions.

— Monsieur Schaub, j'entends bien ce que vous dites, mais vous devez comprendre que cette conversation ne peut pas avoir lieu. Veuillez m'en excuser. Au revoir, monsieur Schaub, et bon courage.

Cette fois, le trait sonore de France Télécom ne s'interrompt plus jusqu'à ce que le journaliste repose le combiné. Aurélien n'a jamais été aussi manifestement jeté. Non seulement il n'a pas obtenu le réconfort espéré, mais il se demande si on ne l'a pas utilisé. Il a toujours exécré la langue de bois et l'on vient de lui en servir un grand plat. Aurélien enrage. Il veut comprendre. Qu'est-ce qui lui échappe? Il sent qu'il ne peut pas continuer seul. Face à toute une communauté qui se protège, il lui faut des renforts. Il rappelle la journaliste de FR 3 qui l'énerve tant.

Krystel Fourcault est de la race des grands fauves. La belle rouquine l'a toujours impressionné. Il craint son mépris. Pour y échapper, il feint l'indifférence. Chez Krystel, il n'est pas question de mépris, mais de méprise : Aurélien Schaub juge sans doute le journalisme écrit supérieur au sensationnalisme primaire de l'audiovisuel. Or, il n'en est rien. Il a choisi d'écrire parce que c'est ce qu'il fait le mieux. Il admire Krystel et jurerait qu'ils se retrouveront un jour dans le même cercle de presse parisien.

— Toc! Toc! Toc! Je voudrais entrer dans vos yeux.

Il sourit. Il n'a même pas songé à résister. Il attend que s'ouvrent les pervenches pour leur offrir sa vie. Il a l'audace des timides. Il n'en revient pas de ne l'avoir jamais vraiment regardée avant de s'asseoir à cette table de café.

— Dites donc, Aurélien Schaub! Vous m'avez rappelé pour le boulot ou pour la drague?

Elle a l'habitude. Elle n'y coupe pas souvent. L'héritage de sa mère est un peu lourd. Il lui arrive parfois d'envier sa sœur Hélène qui a les yeux de papa. Oui, Krystel est la sœur de l'infirmière. Car le monde est petit. Et dans les petites villes, il est tout petit. Krystel se dit qu'une rousse aux yeux noisette, c'est plus original! Mais l'homme affectionne les clichés et la rouquine aux yeux pervenche assure l'archétype.

Il rit.

— Désolé. Il nous faudra vivre avec mon handicap. C'est à la suite d'un accident de travail. J'ai appelé une consœur et j'ai trébuché sur une âme sœur.

Krystel s'amuse de la caricature poétique.

— Vous verrez, Aurélien. Le premier choc passé, on se remet très vite. La petite histoire de ma vie est chargée de faux éclopés qui se sont relevés pour fuir en courant. Les yeux bleus, ça va. La tête dure sous les cheveux carotte, c'est moins facile à vivre.

— Dites-moi que vous êtes célibataire et appelez le Samu.

— Cela ne vous regarde pas et j'appelle le studio. Nous allons vous offrir en pâture aux téléphages bourguignons.

Krystel n'a pas compris. Aurélien a rencontré la femme de sa vie. Il ne regrette plus rien. Il bénit Tata Martine, pisse sur la jambe du maître des novices et suit Krystel sans tirer sur sa laisse. Toutefois, il n'arrive pas à tout contrôler et agite un peu la queue.

Krystel se retourne.

— Vous venez?

— C'est quand vous voulez.

Elle rit.

— C'est délicat!

14

Dom Gilbert a dix ans. Il regarde le film avec les autres enfants de l'orphelinat. Le train roule à travers les blés. Le champ semble infini. Le bruit régulier est immuable. Le narrateur parle des plaines de l'Ouest canadien en disant « le grenier du monde ». Puis, alors qu'on ne s'y attendait pas, un massif se profile au loin. La locomotive s'engage dans les Rocheuses. Instantanément, tout a changé. Les wagons s'accrochent pour ne pas tomber au fond des précipices. Les voyageurs découvrent les pics enneigés. Les cascades déboulent du haut du ciel pour exploser dans les ravins. Chaque nouvelle seconde fait oublier la précédente. Enfin, sous les victoires accumulées, le train hurle de joie face à l'océan Pacifique.

Dom Gilbert crie et le son de sa voix le réveille. Il ne rêve jamais à son enfance.

— Qu'est-ce qui se passe ?

Dom Gilbert regarde autour de lui. Il n'a pas bougé de l'infirmerie de La Ferté. Le souvenir de l'odeur d'Hélène vient lui serrer la gorge. Il cherche un peu son air et trouve aussi des larmes. Il ne faut pas la revoir. Comme il aimerait en être convaincu. C'est son coup de fil qui l'a fait fuir; encore plus que le *Bien Public.*

En se retrouvant à côté d'un Bruno effondré, il avait ouvert les yeux. Il n'était pas armé pour le combat amoureux. Il ne prendrait pas la femme d'un autre. L'expérience du confessionnal lui avait appris qu'un couple se forme de deux êtres libres; pas d'un moine ébranlé et d'une infirmière divisée.

Bruno était le seul qui savait ce qu'il voulait. Sa tête de grand veau n'y changerait rien. Il gagnerait. Que gagnerait-il? Ça, c'était son affaire.

En quittant l'hôpital de Dijon, Bruno emportait la certitude de la victoire. Le curé ne faisait pas le poids, voilà. Mais comme on ne peut pas tout avoir, il lui manquait la modestie. Le triomphe est un art délicat. Il n'éclate que dans la discrétion. Autrement, il éclabousse le vainqueur. En rentrant, il trouva Hélène à la cuisine. Elle faisait revenir des pêches dans le beurre fondu pour accompagner la pintade rôtie. La bonne odeur de vie de famille rassura un peu trop Bruno. Il raconta en détail sa rencontre avec le cistercien et comment les deux avaient même partagé les larmes. Pendant le repas, Hélène ne pouvait pas lui échapper. Il remplissait son verre de Badoit.

— On est bien, ma choupette.

Depuis le début, elle se laissait appeler « choupette » autant par Bruno que par ses deux filles. La première fois que son ex-mari avait entendu le petit mot d'amour, il s'était étouffé dans son whisky. Hélène n'avait pas relevé; elle se sentait tellement lâche de ne pas protester. Mais Bruno était si gentil, si amoureux. Les enfants l'aimaient. Il jouait au *baby-sitter,* au chauffeur, au concierge et lui faisait l'amour sur demande, scout toujours prêt. Que voulait-elle de plus? L'aimer? Mais elle l'aimait; il l'aimait tellement!

Au petit matin, Bruno, croyant avoir sauvé son couple, sautait dans le premier train pour Lyon. Il emportait tout de même un petit médicament pour mieux traverser les tempêtes du doute.

Quand elle l'avait rejoint au lit, il lui avait fait l'amour tendrement sans ménager les caresses ni les mots doux.

— Je t'aime, ma choupette. On est bien, ma choupette.

Hélène comprimait les muscles vaginaux pour hâter l'éjaculation de Bruno. Elle ne faisait pas l'amour; elle répondait aux exigences sexuelles de l'autre. Il valait mieux; tout le reste deviendrait trop compliqué. À quatre heures, Hélène ne dormait plus. En fixant le réveil, elle pensa aux moines de La Ferté, déjà en prière. Elle sourit douloureusement. «Ce sont de bonnes petites chouettes qui veillent sur nous dans la nuit.»

Comme elle aurait aimé croire à tout ça. Mais non, Hélène n'appartenait pas à cette race. Elle se voyait à cheval dans la rosée du matin. Puis, elle rentrait à l'étable et un homme la prenait: un inconnu. Hélène avait tellement besoin qu'on l'aime. Toute sa vie, les yeux pervenche de Krystel avaient servi de phares aux garçons. Maintenant, on la présentait comme la sœur de Krystel Fourcault, de FR 3 Bourgogne. Le cabinet de François s'agrandissait encore, sa nouvelle épouse attendait un enfant. Tout occupé de Virginie, François négligeait un peu les enfants d'Hélène. Il lui restait Bruno. Que pouvait-elle espérer d'un moine quinquagénaire qui ne connaissait rien de la vie? Elle ne saccagerait pas tout, encore une fois. Bruno avait raison. Il suffisait de ne pas retourner à l'hôpital avant le départ du moine. Elle conduisit les enfants à l'école et rentra à la maison.

Elle n'avait plus les repères de sa vie réglée comme du papier à musique. Elle ne savait pas improviser. Elle aurait dû être à l'hôpital. Même si son corps ne s'y trouvait pas, son esprit se promenait de chambre en chambre. Et il revenait toujours à la même. Comment allait-il ce matin? Avait-il de la peine de son absence? Il était malheureux ou soulagé? Les deux, probablement. Plus malheureux ou plus soulagé? L'aimait-il autant maintenant que la peur de la mort s'éloignait? Elle avait peut-être rêvé tout ça. Le moine parlait d'une voix grave et posée. Elle n'arrivait pas à en reproduire le timbre. Hélène jugeait son propre comportement. C'était un peu grossier. Elle lui avait parlé de mariage pour ensuite envoyer son amant couper les ponts; tout ça en moins de vingt-quatre heures. Elle pouvait tout de même s'excuser, lui expliquer que les enfants se remettaient à peine de son divorce.

□ □ □

Quand Gilbert Fortin entendit sa voix, il eut l'impression que tout était simple. Les choses allaient de soi. Il n'y avait qu'à suivre. La grâce ne dura qu'un instant. Avec le son de la voix venaient les paroles. Là, c'était confus, hachuré de sanglots, ponctué de rires nerveux. Il décodait un seul message : il devait comprendre. On ne savait pas quoi, mais il devait comprendre. Oui, il comprenait. Il remerciait Hélène d'avoir touché son cœur. Il remplissait maintenant les conditions indispensables : il pourrait souffrir en bon judéo-chrétien. Il avait tenté de lui suggérer de vivre seule un moment, pour se retrouver et se donner la liberté de choisir. La même Hélène, qui rêvait de matins solitaires à cheval, se débattait pour lui expliquer qu'elle avait passé sa vie seule avec François qui s'était totalement consacré aux études d'abord et au cabinet ensuite. Avec Bruno, elle se sentait enfin aimée. Il passait la moitié de la semaine à Lyon ; elle en avait, de la solitude. Elle en avait marre de la solitude. Il ne pouvait pas lui demander une chose pareille. Il lui fallait du temps avant de choisir d'être seule un moment. Il n'avait pas de famille ; il ne pouvait pas comprendre. Elle voulait le revoir en cachette, mais son histoire avec Bruno n'était pas terminée.

Le petit Gilbert Fortin n'était pas bâti pour ça. La poutre faîtière céderait, la toiture s'effondrerait. Il n'aurait plus rien à offrir qu'un très grand vide. L'éclair l'éblouit : il trancherait dans le vif. Il s'appliquerait la médecine refusée par Hélène.

— J'ai besoin d'être seul.

La conversation s'acheva dans les lieux communs. Hélène affirmait qu'ils se retrouveraient un jour. Elle pourrait alors lui offrir la paix qu'il souhaitait. Maintenant, elle ne l'avait pas.

L'abbé de La Ferté ne savait qu'une chose : il sortirait de l'hôpital le jour même.

◻ ◻ ◻

Il repose à l'infirmerie depuis trois jours. Il a vu quatre personnes. Charles Petit l'a sorti de Dijon et l'a conduit lui-même au monastère. Frère Nathanaël montre les dents à chaque frère qui parle de rencontrer l'abbé. Frère

Jean-Daniel l'a dégagé de ses inquiétudes au sujet de frère Ouriel. Le maître des novices ment en toute mauvaise foi et savoure chaque mot. Dom Gilbert a tout dit à dom Francis. Il n'aurait jamais cru aimer un homme autant que ce vieux moine. L'ancien Père abbé a trouvé une solution magnifique pour allier le besoin de solitude de son successeur à la prudence, mère des vertus. Il lui a suggéré de faire un séjour à l'abbaye d'Oka, dans le pays de sa petite enfance. Gilbert Fortin a tout de suite compris la richesse de l'idée : s'éloigner de La Ferté sans se séparer des Cisterciens et vivre le paradoxe de se retrouver étranger dans son pays d'origine ; laisser remonter les impressions de sa jeunesse sous la musique de l'accent québécois des moines d'Oka et profiter du déséquilibre provoqué volontairement pour s'enfoncer dans cette méditation qu'il n'a qu'effleurée. Il sent que la démarche est juste. Les yeux rouges de Kundalini semblent cligner et le chant des crotales veut monter au désert, sous les pariétaux du moine, au centre de la caverne. La flamme pourpre n'éclaire pas encore les parois rocheuses. La grande fresque reste cachée. Dom Gilbert ne se souvient toujours pas qu'il ne se souvient pas. Il avance dans le noir. Les larmes du religieux ne se voient pas. Toute sa peau appelle l'absente. Il marche enveloppé du parfum de la rousse, le sang rouge abreuve chacun de ses muscles. Au milieu de la cage, le cœur de pierre a éclaté et le cœur de chair pompe à grande gorgée la souffrance de Gilbert pour la lancer à la poursuite de la joie. Le bonheur, dom Gilbert l'a déjà : il vit. Il ne comprend pas comment on peut avoir autant de peine et être aussi heureux. Mais c'est ça ! C'est ça qu'est ça ! Il éclate de rire, seul dans son petit lit de moine, dans sa petite cellule d'infirmerie. Il part pour Montréal dans quelques jours.

L'abbé d'Oka recevra son septième supérieur français de l'année. Le monastère dispose d'un ermitage au-dessus de la sacristie. Pour dom Joseph, la solidarité va de soi dans la vie monastique comme dans la vie chrétienne.

Les articles parus dans le *Bien Public* n'empêchent pas dom Gilbert de partir. Le maître des novices peut très bien gérer la crise. D'ailleurs, Frère Jean-Daniel se multiplie sans se diviser.

Le jour de la publication de la photo de frère Ouriel, il prend l'initiative de réunir les novices et il leur lit l'article du journaliste qui vient de le relancer au téléphone.

— Que ce qui est écrit soit vrai ou pas ne vous concerne en rien. Votre devoir est de respecter la clôture en ce qui a trait aux intrus qui ne manqueront pas et le silence entre vous. Le murmure est un poison. Si vous avez quelque chose à dire, c'est à moi qu'il faut vous confier.

Il regarde le blondinet, blanc comme une hostie. Le garçon semble ravi par la contemplation de ses sandales.

— C'est encore plus vrai pour frère Ouriel. Cette histoire va l'obliger à beaucoup de solitude. Nous n'allons pas l'offrir en pâture aux caméras. Quant aux autres, la consigne au sujet des photos est claire : vous ne regardez pas l'objectif. Pour vous rendre à la fromagerie, vous rabattez votre capuchon. J'ai demandé à frère Elvis de veiller plus spécialement sur frère Ouriel. Il lui apportera ses repas dans sa cellule. Dans quelques jours, tout cela sera derrière nous : le monde est une girouette. Le prochain événement sensationnel fera oublier cette prétendue histoire de miracle, comme les nouvelles du jour font disparaître celles de la veille.

Frère Elvis est soulagé. Les propos du maître des novices sont justes. Il a vu tellement de drames de la Cité rassembler les jeunes pour une nuit sans suite. Ils incendiaient quelques voitures pour protester contre la mort d'un des leurs au cours d'un braquage. Le lendemain, une bagarre sanglante entre deux clans faisait la manchette. On avait oublié la bavure policière pour discuter du racisme des skinheads face aux beurs et aux blacks. Oui, frère Jean-Daniel a raison. Non, il ne veut plus partager son petit saint, frère Elvis. Si on les laisse s'approcher, ils vont le lui tuer; chaque miracle lui coûte trop de force.

Frère Marc constate son impuissance. C'est le cœur brisé qu'il a compris que tout geste de sa part le sortira de La Ferté. Il s'enfonce de toutes ses forces dans le travail, l'étude et la prière. Guillaume, lui, s'écoute pousser la barbe et joue au Bouddha. Quant aux moines de la communauté, ils en ont tellement vu! Tout ça passera.

Frère Ouriel prie. Le retour de dom Gilbert le rassure. Il finira par quitter l'infirmerie. Frère Ouriel a envie de lui parler. Il ne comprend pas pourquoi chaque guérison le laisse affaibli. Doit-il donner sa vie de cette façon? A-t-il tort de refuser d'en guérir quelques-uns pour canaliser cette énergie vers la dimension spirituelle? On lui a enseigné que la vie d'un seul juste pourrait changer le monde. Il voudrait tellement être l'un de ces justes. Il n'est pas normal, il le sait : sa chair ne se trouble pas. S'agit-il d'une carence hormonale? Est-il un de ces eunuques de naissance dont parle Jésus? Il l'ignore et ne cherche pas à l'apprendre. Il s'évite ainsi beaucoup de souffrances, il en est convaincu. Il perd assurément plein de petits bonheurs. Le prix à payer lui convient. C'est peut-être la conversion de cette énergie sexuelle qui produit le flux guérisseur.

S'il le peut, il va transformer ce flux guérisseur en énergie spirituelle salvatrice. Il faut agir sur l'âme. Frère Ouriel doit passer par la contemplation. La prière n'est pas une requête mais une ouverture. Frère Ouriel cherche à s'ouvrir pour laisser passer Dieu : qu'Il fasse briller sur lui la lumière de sa face.

Il est bien, seul dans sa cellule toute la journée. Frère Jean-Daniel lui a permis d'apporter ses livres. Plongé dans la Bible, il boit la parole de Dieu à même la bouteille. Les courtes incursions de frère Elvis le remplissent de gratitude. Le jeune Maghrébin a perdu son amertume. Il est heureux, frère Elvis. Il a trouvé une cause. Il pourrait donner sa vie pour protéger le petit saint. Il court sur la route du fanatisme, convaincu d'avancer dans la voie de la sagesse. Par amour, il pourrait même tuer, si c'était la volonté de Dieu. Les deux novices ne s'adressent pas la parole, mais un sourire de frère Ouriel vaut tellement plus que mille mots. Le petit frère n'a rien à craindre. Oui, le danger approche, mais frère Elvis le sait. Cet après-midi, en allant porter les caramels au magasin, il a vu le traître.

Au fond, près des icônes, le journaliste qui avait réussi à s'introduire à la confiserie la semaine dernière discutait avec frère Fabien. La trop belle rousse qui accompagnait l'hypocrite jouait des prunelles et hypnotisait sa victime. Frère Fabien se roulait dans les grands yeux pervenche.

□ □ □

Blanche, rousse, les yeux bleus : elle a tout pour se faire haïr. Un instant, frère Elvis se vautre dans la haine. Il est tombé dedans quand il était petit. Mais la douleur est insoutenable : le péché va l'éloigner de frère Ouriel.

— Mon Dieu, fais que je ne la revoie pas.

Non ! Il ne veut plus s'abîmer dans le mal.

— Mon Dieu, fais que je ne la déteste pas.

Il faudrait prier pour elle, il le sait. Mais ça, non, il ne peut pas ! Et Dieu n'exauce pas les faux culs.

Il quitte le magasin et mord dans le gravier à pleines sandales.

□ □ □

Dom Gilbert n'est pas encore très fort, mais le docteur Petit lui a confirmé qu'il pouvait supporter le voyage à Montréal. Il a juste demandé au Père abbé de dormir à Paris la veille du départ. Dom Gilbert va passer la nuit à l'abbaye Sainte-Marie, rue de la Source. Le prieur le conduira là-bas. Ils doivent partir après none.

Il faut avoir été malade pour comprendre la bulle qui protège et isole dom Gilbert. Il voudrait bien s'intéresser aux autres, mais, vraiment, les autres ne l'intéressent pas. Un mouvement naturel le renvoie à lui-même. Il a toujours un peu froid. Il vit emmitouflé. Sans son capuchon, il sent le froid lui couler dans la tête ! Il ne supporte plus ses sandales. Il se chausse de grosses charentaises noires et porte un pull de laine qui le couvre jusqu'au menton. L'impression d'être un scaphandrier ne le quitte pas. Mais quel air respire-t-il ? Il voit le soleil à travers ses lunettes sales, au-delà de la fenêtre, dans un monde auquel il n'a plus accès. Quelque part sur terre, quelqu'un a chaud, quelqu'un a faim, quelqu'un mange, quelqu'un transpire, rote et rit. Gilbert Fortin meurt dans son igloo, au son d'un acouphène qui se prend pour le vent sidéral et le sanglot de l'ange. Il va mourir. Voilà. Ce n'est qu'une question de temps. Voilà. Avant, il le savait. Maintenant, il le sent. Oui, il rentre au Québec. Il n'aurait pas cru. Quand il avait quitté Montréal, après l'Expo 67, il était un Canadien français. Les mots composés sont des compromis. Il a la nationalité française depuis longtemps, mais ça ne fait pas de lui un Français canadien. Il s'étonne de penser à tout ça. Sera-t-il aussi étranger là-bas qu'ici, dans cette France où il a vécu plus de la moitié de sa vie? Son monastère, ses livres, le copte, le grec, l'araméen... c'était pourquoi?

L'arrivée du prieur lui fait plaisir. Quelle belle santé! Si un homme a la vocation monastique dans cette communauté, c'est lui. Il porte même le prénom du fondateur. Frère Robert réalise chaque jour son rêve d'adolescent. Il est marié à cette communauté et la sert avec toute la force de ses gros bras. Quand il va à Dijon, les femmes se retournent sur son passage. Il les salue en souriant, comme un homme fidèle pour qui il est exclu de tromper son épouse. Il n'est surtout pas candidat à la prise de tête et laisse les attraits compliqués de la *Lectio divina* et de l'échelle de la contemplation aux frères qui y comprennent quelque chose. Le matin, à l'heure où les moines épluchent les Écritures au *scriptorium,* frère Robert décrotte ses bottes. Après la traite des vaches, il va s'asseoir sur la grosse pierre, à gauche de l'entrée du cloître. Et il regarde le soleil qui monte au-dessus de la ferme qu'il aime tant.

— T'as froid ?

Il n'envie pas dom Gilbert. Il l'admire d'être aussi intelligent. Oui, il l'aime bien. Il aime tout le monde. Le Père abbé lui sourit.

— Je suis pas fort, Robert.

Le prieur est aussi responsable de la cave. Il sort une bouteille de sous son scapulaire.

— Tu vas boire sans protester.

Oui, frère Robert boit un peu. Il offre souvent l'apéro aux ouvriers. Le Père abbé trouve que c'est plutôt bien. Dom Gilbert boit une rasade de cognac comme s'il communiait. L'effet est immédiat et bienfaisant : il a chaud.

— T'aurais dû faire médecine.

— Oui, mais j'ai fait chauffeur. Allez hop ! Si on veut arriver à Paris pour les complies, faut y aller.

Le soleil de seize heures sort dom Gilbert du scaphandre. Il s'assoit dans la Peugeot, presque guilleret.

La grande porte de la ferme s'ouvre et la voiture s'engage dans le stationnement des visiteurs, sous les platanes.

Frère Elvis salue respectueusement ses supérieurs. Au-dessus du coupé, au bord de la route, un couple discute. Même de dos, le Maghrébin les reconnaît trop bien. Frère Elvis voit s'immobiliser le véhicule à leur hauteur. Le Père abbé ouvre la portière et lance un seul mot.

— Hélène !

Les cheveux roux fouettent le ciel bleu.

15

La colère de Krystel ne désenfle pas. Elle enrage de ne pas comprendre ce qui se passe. Ainsi, ce moine balbutiant des excuses en parlant de méprise, c'est bel et bien l'abbé de La Ferté. Aurélien le confirme en lui apprenant qu'il sort de l'hôpital.

— Hélène! Il a cru que c'était elle, je le jurerais.

Krystel reconnaît l'accent amoureux quand elle l'entend. Oui, c'était là; entièrement présent dans le seul prénom de sa sœur. Oh! Il se passe des choses ici. Elle fonce chez sa frangine. Elle a vérifié en appelant : Hélène a soigné le Père abbé.

Frère Elvis ne relâchera pas sa surveillance. Il a raison sur toute la ligne. Il a suivi le manège et vu le couple disparaître dans une voiture frappée du sigle de FR 3. C'est bien la télévision qui se pointe.

Après dix minutes de conversation avec Hélène, Krystel pose son diagnostic : sa sœur s'est empêtrée dans une autre histoire de fou! La voilà amoureuse de l'abbé de La Ferté!

La journaliste est irritée ; déjà qu'elle n'aimait pas les curés, ça ne va rien arranger !

Aurélien ne laissera pas Krystel lui échapper. Il se le jure tout en leur racontant que, chaque nuit, il rêve au petit Suisse.

— J'ai l'impression qu'il attend quelque chose. On dirait qu'il observe quelqu'un. Manifestement, il cherche à comprendre. Quand il ferme les yeux, il disparaît dans la lumière. Je me réveille avec l'impression que j'ai sentie en travaillant à ses côtés à la confiserie : une sorte de paix, quoi ! Je commence à me demander s'il ne vaudrait pas mieux le laisser tranquille.

— Oh ! Ça va pas, les deux ? Je veux comprendre, moi. Je veux savoir. Il faut le faire parler, le moine. Les cathos et leurs secrets, basta ! S'ils ont un moine guérisseur, qu'ils le laissent guérir. Non mais !

Krystel se fait raconter dans les moindres détails le séjour de dom Gilbert à l'hôpital. Oui, Hélène a bien cru qu'il ne reviendrait pas de la scintigraphie. C'est le choc de la guérison qui l'a déstabilisée. Elle a eu tellement peur.

Bon ! Oui, oui, elle est secouée. Elle se répète. On radote, là. Krystel veut avancer. Faut sortir le novice de son trou. La journaliste passera par le supérieur. Elle va lui téléphoner. Si elle s'identifie comme la sœur d'Hélène Fourcault, il lui parlera. Elle obtiendra un rendez-vous. Puisque dom Gilbert n'a pas résisté au charme d'Hélène, il va tomber comme une mouche dans les yeux pervenche. Non, Krystel ne manque pas d'air, ni d'ambition. Mais c'est davantage la passion qui la charrie. Elle veut savoir. Elle ne voit plus que ça. On ne doit rien cacher ; c'est pourtant facile à piger ! Le mystère engendre le mythe. Le mythe enfante l'illusion.

L'illusion est mensonge et l'on doit vivre dans la vérité. C'est pas limpide, ça ? Allez ! Il est sorti en fin d'après-midi et nous voici à près de dix-neuf heures ; il a dû rentrer pour le dîner. Les moines ne s'éloignent jamais beaucoup de la table, c'est connu. Même Aurélien ne saura pas qu'elle appelle à La Ferté. Il ne fait pas le poids, Aurélien. Il est mimi comme tout, mais le doute l'affaiblit. Dans tout ce charabia religieux où elle vient de mettre ses belles pattes, une seule idée reste béton : le droit sacré à l'information. Après avoir décliné dans un sourire prometteur l'invitation à dîner d'Aurélien, elle se retire et appelle à La Ferté.

Le Père abbé est absent pour une période indéterminée. Le moins qu'on puisse dire, c'est que le frère portier n'est pas loquace. Quand elle a demandé à parler à frère Ouriel, il a répondu, éberlué, qu'elle ne se rendait pas compte, que « Mais, madame, ce n'est pas possible ! » Il a réussi. Il l'a sortie de ses gonds. Ils vont le lâcher, le moinillon. Elle va rameuter le bon peuple. Comment faire ? Elle va embarquer Aurélien. Il faut attaquer sur tous les fronts. Elle ne craint pas le *Bien Public*. Dans le populo, la télévision aura toujours le dernier mot.

Il n'est même pas réticent, Aurélien. Il veut cette Krystel. Il a même une idée. On va organiser un petit pèlerinage d'action de grâce pour la guérison de Tata Martine. Pour la messe de dimanche ? D'accord ! Une entrevue à FR 3 avec Tata ? Certainement ! S'il peut joindre sa tante rapidement ? Elle n'aura pas le temps de compter jusqu'à dix en posant le combiné.

□ □ □

Elle est ravie, Martine Schaub, d'avoir droit à une prolongation de son quart d'heure de gloire. C'est vrai que ce petit moine est trop modeste. C'est un don de Dieu qu'il a reçu. Il a le devoir de le mettre au service de son prochain. N'a-t-il pas lu la parabole du bon Samaritain ? celle des Talents ? la lumière sous le boisseau ?

En montant l'entrevue, Krystel ne coupe rien du délire de la vieille. Il s'agit de rallier des fanatiques. Tous les superstitieux sont les bienvenus. Il lui faut une foule insensible à la raison raisonneuse que les moines ne manqueront pas de servir pour justifier leur discrétion. Au petit jeu des citations bibliques et des paraboles, les moines auront toujours le dernier mot. Il faut hypnotiser la foule de pèlerins et la concentrer sur un seul objectif : voir le petit saint.

□ □ □

Le plus formidable, avec la télévision, c'est sa rapidité. En moins de vingt-quatre heures, c'est parti. Le standard téléphonique de FR 3 n'est pas à la hauteur et c'est parfait. Plus la frustration des téléspectateurs grandira, moins ils voudront lâcher le morceau.

La publication d'un long portrait de Krystel Fourcault, sous la plume d'Aurélien Schaub, le confirme : FR 3 Bourgogne n'a rien à envier à TF 1.

Tous les petits animateurs des petites radios s'en mêlent. L'un trouve un historien poussiéreux qui l'assure que l'événement s'inscrit dans une longue suite de péripéties qui impriment, depuis plus de mille ans, ce caractère sacré unique à la terre bourguignonne. Un autre a réussi à attraper le docteur Lemire qui aurait assisté à la guérison miraculeuse du Père abbé, mystérieusement absent du monastère depuis quelques jours. Le médecin a esquivé en parlant de la différence entre une guérison inexpliquée et un miracle, mais pour l'animateur ce n'était pas clair. Puis, le jeune chasseur radiophonique s'est rabattu sur le cas de Martine Schaub et il a touché la cible. Jean-Pierre Lemire n'a pu que confirmer les résultats de l'échographie cardiaque de la patiente. Oui, elle a été victime d'un infarctus. Non, elle n'aurait pas dû s'en remettre. Non, il ne proposait aucune explication. Croyait-il au miracle? L'exposé de ses croyances n'entrait pas dans ses fonctions.

□ □ □

Charles Petit refuse de parler à qui que ce soit. Il ne répond plus au téléphone. Tout passe par sa secrétaire. Il en arrive à regretter le départ de dom Gilbert pour le Canada. Il n'a pas pensé à frère Ouriel en donnant le feu vert médical au voyage du supérieur. Il sait bien que le prieur n'a pas l'étoffe pour gérer la crise qui s'annonce. Il n'imagine pas frère Robert affrontant la foule rassemblée dans l'église de La Ferté dimanche matin. Dom Francis n'interviendra pas; il ne manquera jamais au devoir de réserve et laissera agir Dieu à travers les événements. Ils le font parfois suer avec leurs justifications théologiques, ses amis moines. Il n'y a pas d'alternative. C'est frère Jean-Daniel, également sous-prieur, qui se retrouvera en tête. Il le connaît si peu. C'est le frère le plus conforme à l'image archétype du moine. L'intelligence, la culture biblique et patristique, la discrétion et l'efficacité de frère Jean-Daniel ne sont surpassées que par le génie de dom Gilbert.

Comment va-t-il pouvoir soustraire son novice au délire de tous ces désœuvrés qui carburent au sensationnalisme?

Il s'inquiète pour rien. En fait, il ne se pose pas les bonnes questions. Frère Jean-Daniel suit le dossier heure par heure. Il manipule frère Robert comme une marionnette. Le prieur a enregistré l'émission télévisée, il achète les journaux et revient des courses à Dijon avec tous les ragots.

Frère Jean-Daniel procède au tri.

Il retient une information superbe. Un ancien novice a convaincu Krystel Fourcault de lui laisser encadrer le pèlerinage. Depuis sa sortie du cloître, Rolland Garnier vit seul. Il s'est confectionné une grande robe et un scapulaire dans les tons de gris, couleur de la discrétion. Mais comme il assume ses contradictions, on le retrouve souvent dans le jardin public, au centre de Dijon, face à la gare. Il ne s'agit pas d'un hurluberlu hurlant sur une tribune improvisée. Il va plutôt rejoindre un esseulé sur son banc pour lui offrir un de ces petits gâteaux qu'il prépare avec amour. Il n'est pas resté à La Ferté parce que Dieu l'appelait à une mission apostolique. Frère Jean-Daniel l'a encouragé à partir. Rolland Garnier ne comprendrait jamais la discipline. C'était un *loose canon*. Mais frère Jean-Daniel savait reconnaître un caractère fort. Il gardait le pseudo-ermite dans sa manche depuis cinq ans.

□ □ □

Rolland Garnier n'aura rien à se reprocher. Il jeûne depuis plus de vingt-quatre heures. Il a cessé de se nourrir vendredi, à la sixième heure. Il n'a pas déjeuné, quoi! À la neuvième heure, le Christ mourant sur la croix lui a donné sa mère et l'a confié à Marie, lui, Rolland Garnier de Rochefort, ermite à Broin. Il a prié toute la nuit en face du tombeau offert par Joseph d'Arimathie. Pendant que le Christ descend aux enfers libérer les pécheurs, sa mère veille sur le monde en compagnie de Rolland Garnier.

En cinq ans de solitude et de prière, Rolland n'a jamais rien demandé à sa mère, mais voici que son heure est venue. Il a besoin de son aide. Il sait déjà qu'une centaine de pèlerins le suivront. Il a réconforté tellement de vieux, par sa sagesse; étonné tellement de jeunes, par sa folie; béni tellement de bébés sous les yeux attendris de leurs parents, dans les jardins de Dijon! Il a toujours un potage pour qui se présente chez lui, dans cette ruine que le vieux maire de Broin l'a autorisé à retaper. Les gens ne comprennent pas que les moines ne l'aient pas gardé, car il les fait mal paraître avec sa vie d'ascète. Rolland Garnier, lui, le sait : il n'a pas la vocation monastique, c'est tout. La voici, sa mission : serviteur des serviteurs de Dieu. Il marche au dernier rang, suivi par la foule. Comme Rolland aimerait que, par son intercession, le petit saint se montre aux pèlerins ce dimanche, jour de la Résurrection. Comme il aimerait rouler la grosse pierre qui obstrue l'entrée du tombeau. Il attend dans le silence de ce samedi. Il ne bougera pas avant que la grâce ne l'inonde. Il attend les instructions de la mère de Dieu, sa mère.

Sous ses paupières closes, deux points noirs se condensent au milieu du brouillard. La nuée se dissipe. L'image se précise. Rolland Garnier reconnaît le visage de son Père maître. Si frère Jean-Daniel accepte de lui parler, le Seigneur laissera l'Esprit saint s'exprimer à travers lui.

□ □ □

Frère Jean-Daniel sourit quand il entend la voix de Rolland Garnier. Comme tous ces imbéciles sont prévisibles. Oui, il va leur permettre de voir le novice. Non, ils ne lui parleront pas. Mais frère Ouriel participera à l'Eucharistie avec ses frères. Il conseille à Rolland d'arriver très tôt et d'éviter tout éclat, tout scandale. Il doit se rappeler que Dieu se manifeste dans le silence. S'il prévient les journalistes, il ne verra pas son protégé. Il ne tolérera qu'une exception : la caméra de FR 3. Que Rolland installe les malades au premier rang et qu'il demeure auprès d'eux.

Rolland Garnier ne savait pas que frère Jean-Daniel avait autant confiance en lui. Il obéirait dans la joie. Oui, il préviendrait immédiatement Krystel Fourcault.

Après les dernières recommandations et la proposition d'*union de prières* du maître des novices, il vacille sous le poids de la grâce. Il craint de s'évanouir sous l'effet de trop de ferveur. Puis, il se souvient qu'il n'a pas mangé depuis la veille et sent qu'une crise d'hypoglycémie pourrait avoir l'audace de venir le perturber dans son Magnificat. Il mord dans une orange qui gicle sur son scapulaire. Mon Dieu que ce corps le navre. L'exil va-t-il durer encore longtemps? Puis, comme l'appétit de cet animal imbécile vient en mangeant, Rolland Garnier se retrouve au pied de l'échelle de la contemplation, en lutte avec une cuisse de poulet qu'il dévore en tremblant.

16

Dom Gilbert a consenti. Il ne se bat plus. Cela s'est passé dans l'avion, au-dessus du Groenland. Une impression ne le quitte plus : tout est Un. Quand il a vu les yeux de Krystel Fourcault, il a dû réprimer un élan. Il sentait un immense désir de s'y précipiter. Mon Dieu que son cœur a soif! Seul sur son siège, en plein ciel, il a prié comme il ne s'en croyait pas capable. Il a rendu grâce de cette initiation vécue depuis sa naissance. Il a pu apprivoiser la solitude. On l'a préparé à cette vision eschatologique. C'est à la lumière du dernier instant de sa vie qu'on doit éclairer le moment présent. La mort n'a rien de morbide. Elle est pleine de vie. Le désir de mourir d'amour ouvre immédiatement le cœur. Tout homme qui occulte sa propre mort court à sa perte, car il n'est pas guidé par le sens de la vie. Dom Gilbert a l'impression de vivre depuis avant la création du monde; oui, depuis… avant! Mais que s'est-il passé pour que se déclenche le temps? «Au commencement, Dieu créa…» Et «Au commencement était le Verbe», le logos, la saisie, la pensée, le concept, la graine de l'idée qui s'incarne dans le mot qui frappe l'ouïe qui perçoit la source. Il faut laisser se déployer en parallèle le début de la

Genèse et celui de l'Évangile de Jean. Mais il n'y arrivera pas par le raisonnement, par la réflexion. Il s'agit de laisser s'élargir et s'approfondir l'autoperception au-delà de l'identification au corps.

Dom Gilbert sait avoir eu accès à une autre dimension énergétique quand le serpent Kundalini s'est manifesté. Le mouvement ne se situait plus dans les déplacements mais dans une émission vibratoire extatique. Il sait qu'on peut passer de la notion du temps qui fuit irrémédiablement à l'idée du temps ami et initiateur sur lequel on peut apprendre à surfer. Bien sûr que le corps passe. Mais s'il n'est pas ce corps, si ce corps est le temps, qui donc est Gilbert? Pourquoi l'immobilisation corporelle, loin de le conduire au sommeil, le mène-t-elle vers l'élargissement? Un univers aussi grand que tout le physiquement perceptible s'ouvre dans le silence immobile. Il lui semble alors capter des ondes. Les informations fournies par ces ondes ne sont pas le plus important. Pour dom Gilbert, la principale tâche consiste à connaître le capteur. C'est bien l'une des pensées fondamentales qu'on lui servait à l'adolescence : «Connais-toi toi-même.» Il sourit à tous les détours que fait sa vie pour l'amener à s'approprier les évidences.

Au-dessus de l'Atlantique, dans l'Airbus qui file vers sa terre natale, dom Gilbert s'ouvre. Mais non, tout n'est pas si compliqué. Gilbert constate avec bonheur que depuis toujours il a confiance. Il n'a jamais eu tout ce qui fait obstacle à tous. Il ne peut pas perdre sa maman, son papa, son fils, sa fille, son frère, sa sœur, sa maison, son fric. Il n'a jamais rien eu de tout ça. Il a retenu Hélène Fourcault pendant quelques heures, mais l'illusion était trop manifeste pour l'accabler longtemps. Ce clin d'œil du cœur au moment de sa première mort a servi de déclencheur. Les comètes s'éloignent déjà. Hélène continue sa vie et Gilbert devient enfin moine. Il s'immerge dans sa tâche : chercheur de Dieu en quête d'unité. La blessure due à Hélène suintera toujours un peu sur son flanc, mais il en coule du sang et de l'eau : ce sang qu'il faut verser pour que les hommes vous croient et cette eau jaillissante pour la vie éternelle.

Il suit maintenant le trajet de l'avion sur la carte affichée à l'écran : Sept-Îles, Québec, Trois-Rivières, Montréal. Du haut du ciel, il remonte le chemin du Roy. Il n'a pas l'impression de reculer dans le temps, de revenir aux sources. Il continue son voyage dans une spirale ascendante, concentrée sur un point immuable. Le vilebrequin poursuivra sa trouée jusqu'à la lumière. Pendant que l'avion roule sur la piste de l'aéroport de Dorval, Gilbert Fortin, la tête penchée, sourit en regardant son ventre. Ça doit être formidable, une grossesse : cette vie d'homme qui se déploie dans la chair. Il ne saura jamais. Néanmoins, il a droit à la présence si surprenante de ces yeux rouges entre ses hanches. Il ne va pas se plaindre mais rendre grâce. Il tombe dans les lieux communs comme dans la crème Chantilly.

□ □ □

Frère Louis le reconnaît tout de suite. Il l'a vu sur le site Internet de La Ferté. Le cellérier excuse l'absence de l'abbé et du prieur sans chercher à l'expliquer. Dom Gilbert apprécie qu'on ne s'enlise pas dans l'anecdote. L'accent gaspésien du moine québécois le réjouit.

Il entre dans la communauté d'Oka comme un couteau dans du beurre. Les expressions de son enfance remontent, pour son plus grand plaisir. Dès la première rencontre, il a confié ses origines à dom Joseph. Le Père abbé d'Oka ne sent pas la pertinence d'en informer les moines. Il leur évite le plus de distractions possible. Il a accepté de sacrifier une partie de son temps de prière pour permettre à d'autres de gravir l'échelle. Les deux supérieurs se comprennent.

Pendant les repas, dom Gilbert boit avec délices l'accent du lecteur de table. Ce petit plaisir remplace amplement le vin rouge de La Ferté, absent du menu d'Oka. Ce quinquagénaire, supérieur du deuxième monastère de l'histoire de l'Ordre, ce marrane professionnel maintenant converti en vérité, vit sa première expérience monastique. Aucune responsabilité ne le tire de sa prière. Le matin, après vigiles, il entre en méditation. La lente ascension se poursuit. Puis, il se dirige vers le réfectoire. L'odeur du pain grillé le ramène à l'orphelinat. L'abondance du petit-déjeuner québécois lui fait plaisir. Non, il n'avait rien oublié. Il reprend des forces à coup de toasts au beurre de peanut et de gruau. Le soir, après vêpres, il retourne à sa méditation et laisse agir le temps, ce réalisateur du possible. Le troisième jour, le décalage horaire ne laissant plus de trace, frère Gilbert, de l'Ordre cistercien de la stricte observance, vit enfin comme un moine, dans un monastère trappiste. Il rend grâce à Dieu tout en lui rappelant qu'il ne le lâchera pas avant qu'Il ne l'ait béni.

Le dimanche matin, il se réveille dans un état si proche de la joie qu'il se demande s'il ne faut pas s'inquiéter. Alors, il s'abandonne davantage.

À l'abbaye d'Oka, les vigiles du dimanche s'ouvrent par l'office de la Résurrection. L'unique flamme d'un cierge accueille dom Gilbert dans la pénombre. Il gagne la stalle du sous-prieur, à droite de celle du Père abbé. Il a refusé la première place que voulait lui céder dom Joseph. Il fixe d'abord le feu qui danse. Puis, son regard glisse vers le sol recouvert de marbre. Dans une flaque de lumière diffuse, tout un peuple s'active. Son œil remonte. La langue de feu lèche la cire, dénude la mèche et sort la longue bougie du noir. On voit le cierge parce qu'il se consume. Dom Gilbert retourne à l'étang lumineux, sur le marbre. Ce jeu d'ombre s'adresse à lui, mais il parle un langage que le religieux ne comprend pas.

Aussitôt l'office de vigiles achevé, il s'en va au fond de la nef et s'assoit au bout de la dernière rangée, à gauche. Il rabat son capuchon. Tête couverte, il ferme les yeux.

Par le canal, grand ouvert, il rejette l'air vers la base, au fondement du tronc.

— Je ne suis pas ce corps.

Il laisse remonter la bulle d'air en élargissant l'orifice.

— Qui suis-je?

L'action est double. Pendant que l'air monte vers le crâne, il continue à pousser sur la base. Puis, dom Gilbert suspend le mouvement. Il va observer, du haut de la tour au-dessus de sa tête, Celui qui dit : « Je Suis. »

Il répète trois fois le processus.

Il laisse ensuite descendre la boule d'énergie entre ses jambes. Les yeux rouges s'éveillent.

— Rouge, le Christ, Jésus, l'amour.

Dom Gilbert poursuit la triple répétition à chaque branchement.

— Orange, Siddhârtha, Bouddha, la compassion.

Le soleil orange monte sous le nombril.

— Jaune, Vishnu, Krishna, la joie.

Le feu crépite dans le plexus. Des vertèbres craquent. La chair se dénoue. De longs fils d'or se déroulent dans tout le corps. Des couplages s'opèrent.

Le soleil passe derrière les côtes. Le corps crucifié aux clavicules et au sternum se profile dans la pénombre verte. À ses pieds, Mahomet appelle Allah. Le Christ incline la tête et rend le souffle. Dans l'oasis, le Prophète s'envole.

— Vert, le Prophète, Mahomet, la paix.

Dans la gorge, au-dessus d'eux, le vert tourne au bleu. L'immensité du ciel vainc toutes les prétentions. Je suis le petit de la mère universelle, hors du temps, matière immuable au-delà de la matière. Rien ne se perd, rien ne se crée.

— Bleu, Marie, la Vierge, l'humilité.

Les fils d'or connectent le soleil orange du ventre au bleu céleste de la gorge. Le chœur tibétain vibre dans les profondeurs et s'harmonise aux ondes de la glande pinéale qui empourpre la rosace de la cathédrale d'où s'envole la colombe.

— Pourpre, le Paraclet, l'Esprit saint, la sanctification.

Les fils d'or atteignent les yeux rouges. Tout Kundalini s'active. La fontanelle s'ouvre.

Au-dessus de la tête de Gilbert, un point violet grandit.

— Violet, le Père, Dieu, gloire et puissance.

La vibration des chakras entre en phase avec l'onde lumineuse dont participe la matière.

Tout blanchit.

Le canal de lumière s'ouvre et le corps du moine, plus grand que celui de la chair, passe par le spectre. Il entre dans la lumière avec, au front, l'Étoile du Berger.

À l'abbaye cistercienne d'Oka, il est cinq heures dix-sept quand Gilbert Fortin, abandonné dès la naissance à l'hôpital de la Miséricorde de Montréal, ouvre le troisième œil.

17

À La Ferté, frère Jean-Daniel ne perd pas le contrôle. Il a même rencontré dom Francis pour se rassurer sur l'ancien abbé. Quant aux frères, ils ne se rendent pas tout à fait compte de la situation. Pour les novices, il a redoublé de prudence. Il a invité frère Ouriel à la *lectio* qui précède la messe dominicale. Dans l'oratoire du noviciat, il a tenu une très habile séance d'information. Il sait que rien n'est plus efficace que la vérité pour mentir. Il confirme que Rolland Garnier et ses disciples ont déjà envahi l'église. Il n'y a pas lieu de s'inquiéter de ce mouvement de ferveur. Oui, ils sont là pour frère Ouriel, mais que ce dernier ne change rien à son comportement. Il ne sera pas importuné. Il lui a même offert une garde rapprochée. Le jeune Vaudois a refusé d'être encadré par frère Elvis et frère Marc. Pour le Maghrébin, les intentions de son protégé ne changent rien ; il sera à ses côtés, ce n'est pas négociable. Frère Marc se sent tellement loin de son rêve monastique. Il songe à retourner dans le Gers où il jouissait finalement d'une plus grande paix. Il a entendu parler d'un frère qui, dans la même situation, s'était retiré dans un ermitage. Marc hésite et prie : cette épreuve s'inscrit-elle dans le combat spirituel ?

Frère Jean-Daniel aurait préféré garder frère Ouriel près de lui, mais il préside l'Eucharistie. Depuis la fin de sa conversation téléphonique avec Rolland Garnier, il n'en revient pas de sa chance. Non, il n'a pas fait d'insomnie. Pas du tout ; le Normand a dormi comme un bébé. Il s'est réveillé avant la cloche de vigiles et a révisé son homélie après l'office avant de se rendre au réfectoire. Il a dégusté avec bonheur des tartines de fourme d'Ambert trempées dans la chicorée en se répétant que son heure était venue. Mais qu'est-ce qu'il attend ? Il veut le savoir précisément, frère Jean-Daniel. Il jouit par l'intelligence et se délecte dans la domination. Il aimerait que sa foi en Dieu soit plus grande pour l'exécrer davantage. Il a parlé à frère Ouriel après les laudes. Il a détesté parce qu'il a eu peur. Le petit Suisse est trop abandonné ; il ne sait que dire oui. Cette saloperie de consentement le dégoûte.

□ □ □

En fermant la procession des moines prêtres qui vont regagner leurs stalles, frère Jean-Daniel ne dirige surtout pas son regard vers le novice. C'est inutile. Il le capte dans son champ visuel et chantonne en grinçant de l'âme. « Le voici l'Agneau si doux. »

Mais c'est un cochon qu'on saigne lentement au couteau qu'il entend ; toute la poésie normande de son enfance qui remonte.

La pluie s'est enfin arrêtée. Quelques nuages gris se tordent encore, mais l'éponge est à sec.

Parvenu à l'ambon, le maître des novices se tourne vers la nef. Tout au fond de l'église, la caméra de FR 3 flotte au-dessus des têtes. Des cheveux roux brûlent à droite de l'œil magique. Aurélien Schaub indique d'un signe de tête qu'il comprend que le moine s'est laissé distraire.

Frère Ouriel sent que la force se concentre. Il a du mal à accepter les conséquences. Le premier malade qui entrera en contact avec lui aura droit au miracle.

Dans les volutes d'encens, les moines défilent devant le célébrant. L'image est superbe. Le technicien prend son pied. Comme il ne se passe rien, ça ne servira probablement pas ; mais tous ces hommes vêtus de blanc, dans la lumière qui brille après la pluie, c'est du grand art. Il détache l'œil de l'objectif. La caméra roule toujours. Il lève la tête. Par la fenêtre, un arc-en-ciel magnifique lui fait signe. L'artiste distingue clairement les sept couleurs : rouge, orange, jaune, vert, bleu, pourpre et violet. C'est la première fois qu'il peut filmer le spectre entier. Il zoome jusqu'à ce que disparaisse le châssis de la fenêtre. L'arc-en-ciel a envahi le cadre.

Frère Ouriel marche vers l'hostie.

— Le corps du Christ.

Frère Jean-Daniel ne regarde pas Ouriel. Il reste concentré sur le pain consacré.

— Amen.

Frère Ouriel tend la main.

Le Père maître dépose le presque rien de farine et d'eau et touche la paume du novice.

Frère Ouriel ploie sous la charge.

Frère Jean-Daniel a du mal à s'accrocher au sol. Il sort de son corps. Il meurt. Mais non, c'est faux. Il a perdu quelque chose. C'est d'abord la légèreté qui l'étonne. Tout est donc si simple? Pourquoi s'est-il toujours tant inquiété? Tiens! Le temps n'existe pas! Il n'avait jamais remarqué qu'il était plus grand que l'église. Mon Dieu que tout cela est petit. Rolland Garnier est à genoux, tout en bas. Son visage en prière est crispé comme celui d'un constipé sous l'effort. Tous les pèlerins autour de lui ânonnent leur absence, comme s'ils s'agrippaient aux mots pour tenter d'être là.

Frère Ouriel a senti la force passer à travers lui. Il rend grâce, dans sa faiblesse. Il lève les yeux sur frère Jean-Daniel. Il rencontre la joie. Le Normand a traversé la mer Rouge à sec, survécu au déluge et rentre dans l'Éden. Frère Jean-Daniel le reconnaît. Il fait briller sur lui la lumière de sa face. Frère Ouriel ouvre la bouche et dépose l'hostie sur sa langue.

Les communiants défilent devant frère Jean-Daniel. Ils ne peuvent pas voir la différence. Ils ne peuvent pas voir.

Désormais, frère Jean-Daniel va les aider. Lui, leur semblable, les comprend. L'aveugle voit.

Quand Rolland Garnier lève sur lui son regard tourmenté, Jean-Daniel retrouve les yeux de sa maman. Tous les traits de Rolland expriment le reproche. Il n'a pas encore eu son miracle, l'ermite de Broin. Frère Jean-Daniel aime Rolland Garnier d'un amour infini.

□ □ □

En route pour Dijon, le caméraman de FR 3 radote. Il n'avait jamais remarqué ce mouvement dans un arc-en-ciel.

La circulation d'énergie avait un sens, il le jurerait. Mais c'est surtout l'impression de paix qui lui reste : le ravissement.

— Tu veux dire que tu filmais les nuages?

Krystel est plutôt contrariée. Elle n'a pas de sujet; reportage foutu.

— Ben, quand on attend des miracles, on se distrait comme on peut.

Il savait bien que c'était des conneries, tout ça. Heureusement qu'il y a le bourgogne parce que ce stage en province, c'est France profonde et compagnie. Vivement Belleville!

Aurélien ne moufte pas quand Krystel le balaie d'un œil agacé. Il se laisse gifler par les pervenches. Elle ne lui échappera pas. Et puis, le petit moine a guéri Tata Martine, il le sait. On ne peut tout de même pas obtenir un miracle sur demande.

□ □ □

Après la messe, frère Elvis a suivi de loin son protégé. Le petit Suisse est entré dans le cimetière, l'a traversé et s'est assis sous un arbre, derrière la grande croix, tout en haut. Le Maghrébin se tient debout devant la grille portant la célèbre inscription : *Cistercienses in pace*. Il respecte la solitude du bel ange, mais son cœur de mère n'est pas tranquille. Il l'a vue, cette caméra, au fond de la nef. Il ne comprend pas que le Père maître expose ainsi son petit saint.

□ □ □

Frère Jean-Daniel ne savait pas que comprendre était aussi simple. Il s'agit d'un truc instantané, comme pour la lumière électrique.

— Je suis allumé, voilà. Je suis allumé. Je Suis.

Il parle tout seul en marchant dans la joie. Il va au plus pressé. La première tâche qui l'attend est claire. Il va sortir Ouriel Thiercy de La Ferté. C'est lui qui doit réparer. Il ne sait pas du tout comment s'y prendre. Il n'élabore aucune stratégie. Oui, tout va se faire aisément. Maintenant, il le sait. Le premier pas lui est indiqué par les bergers et par les Mages : il va vers l'enfant. Quand il aperçoit frère Elvis debout, immobile en plein soleil, il sait que son sauveur n'est pas loin.

Le petit Maghrébin n'avait jamais remarqué que le regard du Père maître dégageait autant de bonté. Il a même eu l'impression de faire le bien en lui indiquant où se trouvait frère Ouriel.

◻ ◻ ◻

L'arc-en-ciel enveloppe magnifiquement la vallée du Javroz, dans le canton de Fribourg, en Suisse. Le prieur de la Valsainte quitte sa cellule pour se rendre au cimetière. Un visiteur s'annonce. Le moine ne sort pas souvent de chez lui. Comme la douzaine de Chartreux qui vivent sous sa conduite, il habite une maisonnette de trois pièces donnant sur un jardinet muré. Depuis le treizième siècle, les ermites se regroupent trois fois par jour à l'église. Autrement, ils ne quittent même pas la cellule pour l'unique repas quotidien ; à chaque ermitage, un frère le dépose par un guichet. Chaque journée solitaire est remplie du chant liturgique, de l'oraison silencieuse, de l'étude et du travail manuel. Chaque moine dispose d'un atelier pour travailler le bois, tout comme le fait en lui la grâce.

□ □ □

Dom Gilbert a du mal à suivre. Que fait-il au milieu de ces croix noires? Pas même une inscription sur les tombes.

— Soyez le bienvenu, mon frère.

Devant l'air ahuri du cistercien, le père Aloïs comprend.

— Vous êtes nouveau?

— Pardon?

— Votre transfert est récent?

— Je sais que je rêve, mais je n'arrive pas à me réveiller.

— Vous ne rêvez pas. Fermez les yeux. Où êtes-vous?

— Je suis assis sur la dernière chaise, à gauche, dans la nef de l'abbaye cistercienne d'Oka.

— Ouvrez les yeux.

Dom Gilbert regarde le père Aloïs.

— Vous êtes aussi en Suisse dans le cimetière de la chartreuse de la Valsainte, avec le prieur. Vous vibrez avec la lumière.

— Comment le savez-vous?

— L'arc-en-ciel! C'est pourquoi même le plus abruti d'entre nous s'arrête un moment quand le ciel en est traversé.

— Pourquoi suis-je ici?

— Je ne sais pas. C'est trop tôt.

— Vous êtes? Je veux dire… Vous voyagez aussi dans l'arc-en-ciel?

— Non, mais quelques frères ont ici leur base. Tout comme vous désormais, ils sont dans le monde, mais ils ne sont plus du monde.

Le père Aloïs sait bien qu'on finit par enterrer le corps de ses frères. Ils meurent, bien sûr. Mais qu'est-ce que la mort ? La plupart des femmes et des hommes qu'il a rencontrés dans sa vie n'ont jamais vécu plus loin que l'enfance. Ils meurent à treize ans et on les enterre à quatre-vingts. Alors, la mort… pour le père Aloïs, c'est peut-être remonter avant le commencement. Qu'en est-il de son visiteur ? Il sait que certains ne meurent pas avant d'avoir vu le royaume d'Elohim dans sa puissance. Mais entre un être dans le monde et le monde dans un être, y a-t-il autre chose que de l'ignorance ?

□ □ □

Après le départ du Père maître, frère Elvis a voulu rejoindre son petit saint. Mais il s'est arrêté au milieu du cimetière. Un moine conversait avec son frère. Elvis se découvre des pudeurs nouvelles. Il n'a pas osé déranger son petit frère, ni même cherché à voir l'interlocuteur de frère Ouriel. Il est sorti du cimetière et se tient maintenant face au monastère. Les murs ont besoin d'un sérieux ravalement. Le jeune homme se dit qu'en cinquante ans il devrait y arriver. Et puis, la femme en lui a aussi le droit de vivre. Désormais, on l'appellera frère Marie Elvis.

Dom Gilbert retrouve les yeux bleus qui l'avaient troublé dans une autre vie, avant son transfert, avant la conversion, il y a si longtemps : un autre maintenant, pour être plus précis.

□ □ □

En se réveillant, Hélène pleure. C'est pareil, chaque matin. Bruno la console.

— Je sais que c'est dur, ma choupette. Je te comprends. Courage, ça va passer. Je suis là. Après la pluie, le beau temps. Regarde le bel arc-en-ciel.

Il a perdu cinq kilos. Elle lui donne des anxiolytiques. Elle considère sa tête maigre d'halluciné.

Elle ne sait pas si elle est avec un saint ou avec un imbécile.

Saint Bruno ajuste son auréole.

— Je suis là. Ça va passer, ma choupette.

Elle le craint.

□ □ □

Aurélien a suivi Krystel au studio. Le caméraman veut les entraîner dans son délire. Elle le stoppe.

— Ça va! Qu'est-ce qu'il a, cet arc-en-ciel? C'est toujours beau, un arc-en-ciel! Et alors?

Le caméraman doute. Didier ne sait plus si ce qu'il a vu est vrai. Il résiste difficilement à la tentation de se demander si l'œil est plus sensible que l'appareil numérique. Son cerveau aurait décodé un truc que la caméra n'a pas enregistré? Holà! Qu'est-ce qu'ils font brûler dans l'encensoir, les moines?

Aurélien se fout de l'arc-en-ciel, des moines et des miracles. Maintenant, il sait ce qu'il veut. Il n'aura de cesse que Krystel Fourcault ne soit sa femme. L'homme noble se rend infatigable en limitant le champ de ses activités. L'adepte du Yi King comprend enfin l'idée.

Krystel va encore se laisser aimer. Qu'il est difficile d'être belle.

□ □ □

Un peu après none, frère Jean-Daniel a rejoint dom Francis au vestiaire des coules. L'ancien abbé regarde le maître des novices. Frère Jean-Daniel bat sa coulpe et touche ses propres lèvres du bout des doigts. Le vieux moine acquiesce. En marchant dans le sous-bois, dom Francis entend frère Jean-Daniel en confession.

Quand il a rejoint dom Gilbert à Oka, son supérieur a trouvé la solution dans l'instant.

18

La Peugeot glisse sur le serpent de bitume et grimpe l'échelle de collines vers Neuchâtel.

Quand le solide frère Robert s'arrête à la frontière, le chauffeur habituel de La Ferté se réjouit d'entrer pour la première fois en Helvétie.

— À la Valsainte.

Avant que le prieur n'ouvre la bouche, Ouriel a répondu au douanier. Le moustachu, pétant de santé, retire ses verres fumés et tend le cou vers le *siège du mort*, à droite du moine.

Ouriel lui sourit.

En rencontrant les yeux du jeune homme, il sent bondir son cœur.

— Bonne chance!

Pierre Yves Culand se tourne vers frère Robert.

— Sacré gaillard!

□ □ □

Au nord de Montréal, c'est l'abbé de La Ferté qui préside l'Eucharistie ce matin. Les habitués sont à leur place, dans l'église. Le soleil a séché l'arc-en-ciel. C'est un beau dimanche.

Quand dom Gilbert a ouvert les yeux à Oka, il était cinq heures cinquante-trois.

En fermant les yeux ici, il les ouvre ailleurs. Il lui suffira d'entrer en méditation pour recommencer.

Ici, les yeux ouverts, Gilbert Fortin se retrouve parmi les siens, dans une Église québécoise dévastée. Le petit reste s'accroche. Dom Gilbert ne rentrera pas à La Ferté; frère Jean-Daniel est prêt.

Gilbert Fortin imitera Gandhi à son retour en Inde. Pendant toute une année, il parcourra le Québec. Il ira voir vivre son peuple. Il s'attardera dans les stades sportifs, les centres commerciaux, les groupes charismatiques, les communautés nouvelles, les paroisses anémiques, les monastères moribonds. L'immensité du cadeau qu'il reçoit ne sera visible qu'aux yeux des plus petits : les plus démunis. Là où il reste encore de la place. Mais non, il n'a pas tout compris. Pourtant, il sait le plus important : il y a une Autreté. Mais comment parler de l'Inconnaissable?

Non, il ne s'agit pas de chercher quoi dire. Il faut écouter et se laisser parler.

— *L'Esprit du Seigneur est sur moi parce qu'il m'a conféré l'onction*
Pour annoncer la bonne nouvelle aux pauvres.
Il m'a envoyé proclamer aux captifs la libération
Et aux aveugles le retour à la vue,
Renvoyer les opprimés en liberté,
Proclamer une année d'accueil par le Seigneur.

Dom Gilbert lève les yeux sur les moines et les fidèles assemblés dans l'église abbatiale d'Oka.

— Aujourd'hui, cette écriture est accomplie… pour vous qui l'entendez.

Dom Joseph remarque qu'il a choisi le texte d'Isaïe que Jésus avait lu dans la synagogue de son village natal en rentrant du désert après le baptême et le jeûne plein de tentations vaincues. Il commençait là sa vie publique. Savait-Il déjà que cela le mènerait à la croix? L'abbé de La Ferté a aussi ajouté les mêmes mots que Jésus à la fin de la lecture du prophète pour conclure sa courte homélie.

□ □ □

Sur le bac, au milieu du lac des Deux Montagnes, Jean et Lise résument leur longue retraite de plus de trente-six heures à l'hôtellerie. Ils n'ont rien dit depuis la fin de la messe. Lise a faim. Jean a soif. L'auberge du Willow Inn grossit sur le rivage de Como.

— Méchant prétentieux!

— Maudit Français!

□ □ □

Ici commence la vie publique de Gilbert-Christ.

Dans la nuit sans lune, Adam et Ève sont rentrés dans la caverne. Sous les peaux de bêtes, ils ont encore froid. Qu'est-ce qui se passe avec Abel? Pourquoi refuse-t-il de se relever? Le sang giclait de sa tête comme chez un animal abattu à la chasse. Ainsi, nous mourons, nous aussi?! Pourquoi Caïn reste-t-il là, pétrifié, les bras en croix?

Ils ne peuvent rien, ni pour l'un, ni pour l'autre; ils leur ont échappé. Tout leur échappe. Déjà, les seins d'Ève se flétrissent. Le sexe d'Adam n'est plus aussi rigide. Ce soir, ils savent, dans toutes leurs fibres, qu'ils vont mourir. Pour aller où? Nulle part, puisque leur Abel est toujours aux pieds de Caïn. Pourtant, ce qui brillait dans les yeux d'Abel n'est plus là. Cela existe aussi, la lumière. Ils savent depuis longtemps que l'obscurité ne dure pas; elle boit la lumière et s'épuise. Elle s'obstine, mais ne gagne jamais.

Il fait froid dans la caverne et dans le noir. Ils s'approchent l'un de l'autre en pleurant. Ils sentent remonter un élan inconnu et pourtant très ancien. Ève appelle Adam et il se laisse prendre. Adam se réfugie dans la grotte chaude de la femme. Ils bougent et se réchauffent. Ève produit de la lumière. Un feu pourpre danse derrière son front; les yeux fermés,

Adam le voit. Il va toucher quelque chose. Il approche du trou noir, ébloui par la lumière invisible. Il sait, il sait, il sait et il ne sait pas quoi. Il avance à coups de reins. Oui, c'est la bonne direction. Ève s'accroche à son dos et galope avec lui. Ils approchent, ils arrivent, ils y sont. Le ciel éclate et la lune meurt, en pleurant sur le lit de feuilles mortes.

Ils l'ont su de nouveau ; oui, c'était ça ! Comment peut-on oublier pareille évidence ? Pourtant, ils sont déjà retombés dans leur ignorance. Ils font quelque chose de trop et oublient d'achever un truc qui leur échappe. Surtout, ils ne savent pas ce qu'ils cherchent. Et le manque est si grand !

Ils s'endorment et entrent en contact. Le visage d'Abel se détache du ciel et passe à travers eux, pour se lover dans leur chair.

□ □ □

Dom Gilbert n'a pas peur ; il ne s'enfuira pas.
— Tu es mort.
Abel regarde l'homme vêtu de blanc et noir.
— Tu vois bien que non ; ce sont les agneaux qui meurent, pas nous.
— Pour Caïn, tu es mort ; pour lui, le corps échoué à ses pieds, c'est toi.
— Mais tu vois bien que je ne suis pas ce corps.
— Maintenant, tu le sais. Tu es le premier à traverser les ravins de la mort.
— Je ne comprends pas.

— *Pour passer, on doit s'abandonner, tout remettre; comme tu l'as fait en offrant les prémices de ton troupeau. La vie est un voyage dans un corps et ne dure que le temps néces- saire. La mort est notre seconde chance; elle se réalise quand on a éclairé le temps qui passe à la lumière de l'instant qui est.*

— *Je ne comprends pas.*

— *Moi non plus; il est arrivé quelque chose dont je ne me souviens pas. Je sais que j'ai oublié, mais je n'en sais pas plus. Nous sommes des êtres spirituels qui vivent une expé- rience charnelle; cette vie est la reprise d'autre chose. Nous sommes mus par des passions. Ce sont des reproductions tem- porelles simplifiées de mouvements ontologiques. Les passions de ton frère, la jalousie et la colère résultant de son impuis- sance ont envahi Caïn. Il s'est jeté sur toi parce qu'il souffrait trop. Et maintenant, il est hors de lui. Pourtant, la passion de Caïn est l'instrument de ta libération, de ta réalisation. Et, à cause de toi, Caïn sait maintenant qu'il va mourir. Quand il sera dégagé de la terreur qui le paralyse, il pourra à son tour comprendre : non pas qu'il n'est rien, mais qu'il est tout. Que tout est Un. Caïn pense que le corps dans lequel il est enfermé, c'est tout lui. Il ne sait pas que l'œil qui le voit, c'est encore lui. Il croit que c'est l'œil de Dieu, que Dieu est en dehors de lui. Caïn est divisé. Or, pour passer, on doit s'unifier, réaliser que tout est Un. Dieu inclus, bien sûr.*

— *J'aimerais pouvoir le sortir de là.*

— *Tu le peux. Tu es le seul. Retourne vers lui. Va faire briller sur lui la lumière de ta face.*

— *Comment?*

— *Passe dans le souffle, entre dans l'arc-en-ciel et ouvre- toi.*

Abel se glisse dans le serpent multicolore.

□ □ □

Au retour de la lumière, Adam et Ève sont sortis de la grotte. Caïn est toujours là, crucifié dans l'air, tétanisé. Il ne voit pas le merveilleux arc-en-ciel.

Le spectre lumineux rappelle quelque chose à Ève. Ce qui s'en rapproche le plus est advenu dans le noir pendant qu'Adam s'unissait à elle.

□ □ □

Abel ressent une impression de déjà-vu.

Il se pose sur l'homme pétrifié : bouche contre bouche, main sur main. Le cœur du statufié tremble plus qu'il ne bat. Abel entre dans la statue et y branche son jeune cœur.

□ □ □

Juste au-dessus de l'arc-en-ciel, Gilbert se penche. Et l'aveugle voit : Caïn, c'est lui !

Les crotales chantent dans le ciel pourpre. Il se souvient.

— Il n'y a pas d'avant ni d'après. Je Suis.

Tout blanchit.

□ □ □

Dans le ventre d'Ève, Seth la ramène à la vie. Seth : l'ancêtre de Noé, d'Abraham, de Jacob et de Joseph. Seth : l'enfant de la douleur, le fils des premières larmes partagées.

Montréal, le 20 février 2002.

Note de l'auteur

Ce livre est un roman, pas un reportage sur la vie monastique. Qu'on laisse à mon imagination ce qui lui appartient et que l'on ne charge pas les moines de mes images.

Remerciements

Je dois beaucoup à plusieurs personnes. J'en remercie quelques-unes.

Jacques Bert, Denise Bissonnette, Normand de Bellefeuille, Sylvie Deguine, Marie-Odile Fortier-Masek, Pierre Gagné, Marie Laberge, Alan Masek, Yvon-Joseph Moreau, Monique Pratte, Joël Regnard, Manuel Régnier, Marie Rodrigue, Jean-François Thiercy et Françoise Verny.

AGMV Marquis
MEMBRE DE SCABRINI MEDIA
Québec, Canada
2004